INK

INK

文學叢書

095

中山北路行七擺

王聰威◎著

目錄

中山北路一段

中山北路二段

中山北路三段

中山北路四段五段

中山北路六段七段

〈自序〉重溫心靈模糊的時刻

長久以來，我時常對於一座城市的時空結構感到迷戀，也因而對隱藏其中的人物活動與事件有種祕密紛陳、正等待著我去解開終局的感覺。幾年前我寫過一本叫《台北不在場證明事件簿》（狗屋，2002）的故事集子，像是對台北萬花筒般的景色做了次即興隨意的巡遊，但本書《中山北路行七擺》則完全聚焦在中山北路這條意涵豐富的道路上，我希望能藉此更細緻地描繪出台北市獨一無二的樣貌。

中山北路的開發歷經了史前、清領時代、日治時代、國道時期、美援時期、越戰度假村、日人來台買春、菲勞進駐、現代與後現代風潮的衝激與重建，呈現出與其他街道頗爲不同的都市意象，同時也如實地體現了台北城的階段發展性格。

由於中山北路長期以來總是洋溢著與台灣本土文化相異的情調，所以它常是藝文人士、都市景觀規劃學者、社會觀察家或是旅遊業者的好題材。我們不僅可以找到博碩士論文，例如殷寶寧的〈中山北路：地景變遷歷程中之情慾主體與國族認同建構〉（台大城鄉所博士論文，2000）、孟繁周的〈台北市中山北路空間意義變遷之研究——以復興橋至圓山之間爲對象〉（淡江建築所碩士論文，1993），更有許多介紹古蹟文化與休閒旅遊的書籍會特闢章節來談中山北路，例如《台北大街風情》（吳光庭等著，1993）。此外，各類文學作品或新聞報導自然不計其數，例如賴瑩蓉等〈中山北路風雲系列〉《自立晚報》（1990.2—1990.4）。

然而，姑且不論嚴肅的學術論文，描繪中山北路印象的文字作品多半是平鋪直述個人的懷舊思緒與簡單的街景介紹，偶有強烈文化使命感的批判筆觸。當然也有純粹的旅遊指南。一一讀來確能增長見聞，了解中山北路獨有的風貌，但是不知道爲什麼，無論文字如何妥切，所附照片如何美觀，總是叫人融不進中山北路的氛圍裏。我想，除了豐富的中山北路發展歷程的素材之外，若要將中山北路寫成一本書，恐怕更需要一個獨特而符合中山北路氣氛的形式與寫作調性。

《在台北生存的100個理由》（馬世芳等著，1998）一書在當年爲讀者們表演了一整套嶄新的描述城市的寫作形式，（其中也有幾個部分寫到了中山北路）那種光影交織，物欲與靈感互動的閱讀刺激，的確正如台北城給予人們的乍現印象。這本書的形式提示了我寫作中山北路的思索方向，那麼首先，中山北路帶給人們什麼樣的印象呢？我想最大公約數大概是「異國的情調」，無論這裡頭是涉及了年少歲月的輕狂（如朱天心《擊壤歌》），或是殖民下的國族認同問題（殷寶寧，前引文），無疑的，「異國情調」應是中山北路留給台北城最深的烙痕。不過其實我寧願借用廖咸浩在《台北2001》（許允斌編，2000）裏的一篇文章〈中山北路，一條眞實的不存在的街〉，來看待中山北路：她是眞實與虛構、歷史與現代、傳統與新穎、沉重與輕盈、異國與本土、情欲與貞潔、崩潰與重建、虛情與眞意、消失與存在、殖民與後殖民等等不同元素的混合物。歷經漫長時間的反芻與構成，直到今天，似乎台北城的住民一旦陷入某個心靈模糊的時刻，她便會以一條「眞實的不存在的街」呈現在個人的眼前——這當中，既有人人皆可具體描繪的「事件性」城市景觀改變，也有非得是個人才能述說的「故事性」城市私密經驗。

所以在這本書裡，我試著以眞實的中山北路發展史爲全書主軸，一方面書寫可以勾勒如今中山北路實質可見面貌的店家、街景與建築物，另一方面也書寫已消失的歷史物件或事件，以及牽涉到私人經驗與想像的小說散文。不同時期的事物與街路發展史在有意無意間交互呈現，將使全書讀來有時空感深淺不一的樂趣。我希望藉著這種內容錯落的安排，以及筆觸隨著寫作主題的不同而有所改變，時而像旅遊指南、廣告文案，時而像寓言、故事，如同設計各類的精美展示櫥窗，能讓讀者有走在中山北路上情景交織，隨意漫步四處張望有趣事物的逛街感覺。

在斑斕交錯的文字之中，我期盼建立一個獨特的，專屬於中山北路的時空錯覺、異域，甚或是夢境氛圍。讓讀者重溫心靈模糊的時刻。

中山北路一段

國父史蹟紀念館

梅屋敷革命

中華民國的國父孫中山先生在大陸搞革命搞得焦頭爛額之中，曾經來過日治時期的台灣三次。第一次是一九〇〇年九月二十八日抵達台北，十月八日在新起町（現在的長沙街）設立革命總司令部指揮所，策劃推翻清朝的惠州起義。第二次是他討伐想當皇帝的袁世凱失敗後——小朋友記得嗎？這叫「二次革命」，化名爲汪國權於一九一三年八月五日從廣東馬尾坐信濃丸來台北。在台灣總督府派出的官員和重重警衛的保護之下，孫中山住進了位於高級地段御成町的頂級旅館梅屋敷。他在那裏曾爲老闆大和宗吉寫了「博愛」，爲老闆的弟弟藤井晤一郎寫了「同仁」橫幅留作紀念。幾天之後，又坐了信濃丸去日本組織中華革命黨，繼續計畫打敗袁世凱。

梅屋敷在一八九六年蓋的時候只是一棟小屋。到了一九〇〇年主人特別從新竹州的山裏頭挖來古梅木兩百株，在庭園內種成一片梅林，還增建「吾妻別館」兼作料理業。梅屋敷一下子變成當時台北最高檔的旅館，連台灣總督也喜歡來這裏請客辦派對。到了台灣被中國收回來的初期，一個據說曾經在北京經商時資助過孫中山革命費用，叫做吳子瑜的台中士紳變賣了祖產一兩百萬元，拿來修建梅屋敷並開了間「新生活賓館」。然後在一九四六年時，原址正式被政府設立爲國父史蹟紀念館，有段時間是跟救國團的青年服務社共用一塊地。

不過現在看到的國父史蹟紀念館並不在原來的位置上。一九八三年台北市鐵路地下化施工的時候，她被原樣拆移保存，一九八七年重建完畢的位置在原址的北方五十公尺處，並被擴建成有一千坪大的逸仙公園。主館是一棟約四、五十坪的長方形日式平房，屋頂覆蓋日本傳統的暗黑色「理想瓦」，裏頭則陳設一些孫中山的墨寶文件、照片、他用過矮桌子、屛風和書櫃等等。但老實說，眞正的老東西只有寥寥幾樣而已，實在稱不上什麼史蹟紀念館。而且對照梅屋敷的老照片可以發現，這棟主館已經和孫中山待過的梅屋敷很不一樣了，甚至懸掛在孫中山雕像頭上的那副「博愛」，大概也不是他寫給大和先生的原件。

公園其他的部分還有管理員室、大門牌樓、碑亭、迴廊，當然都是新建的。塞了這麼多東西感覺上空間有點侷促，不過庭園裏栽滿了鮮綠的草皮、松竹龍柏、梅花以及裝置怪石、小橋流水池塘，加上每次看到人影晃動就一窩蜂擠著要人家餵的錦鯉，倒是頗有生趣，很適合天氣涼爽的下班時刻順道在裏頭踱踱步坐一坐，整理一下鬱卒的心情再去台北車站搭車回家。

至於孫中山第三次來台，如果有人有興趣知道的話，在此順便一提：那是在一九一八年六月孫先生辭掉護法軍政府大元帥後，從廣州搭船來台灣想跟在地同胞見個面宣傳主義。可惜這一次台灣總督府不讓他上岸，孫先生只好換船去日本了。

復興領袖意志力之橋

曾經在這個世界上最大的國家裏，人們所能觸摸、辨視、聆聽、筆記與心神嚮往的一切山川花木縣州府省喜慶婚喪，均依賴領袖超越恆久的意志力構成。而爲了長期擁有平凡的日常生活，人民也必須以同等的意志力來回報他的英明睿智。

領袖住在大路的一半。

每天早上，領袖用完早餐處決掉幾隻跳蚤後便登上一望無際的黑頭車，起程前往位於大路的南端，一座能讓他發揚最強大的意志力的發射台。

爲了保衛領袖一路順風抵達目的地，在他出門前的半小時整條大路就必須進入高度管制的狀態，行人不得任意穿越通行，由南而北的車輛一律禁止左轉。官邸內的年輕軍官侍衛盡心確保領袖不會在上車前被暗殺，大路、士林與陽明山區的三個憲兵隊駐守在官邸外圍，攜帶無線電的特勤人員、警察、警總便衣也同時加入，隱藏於每個路口、巷弄與分隔島上繁茂翠綠的行道樹之後窺視警戒實施交叉防務。至於他忠心耿耿的陸海空禁衛三軍，則分布於附近的山區沼澤巡邏防禦，徹底消滅巨大的飛鼠與水蛭。

一切就緒，領袖的車隊出發了。隊伍包括了前導的交通大隊機車、紅色憲兵車與四部同色同式樣的領袖座車——讓殺手搞不清楚他今天坐哪一部。但領袖仍然感到忐忑不安，他望向車外視野遼闊的天際，忽然之間警覺到，萬一敵人駕駛戰鬥機來襲，或是恐怖分子挾持民航機向他自殺攻擊那該如何是好？所以他即刻發布命令將大路旁的建築一律提高到四層樓以上，以便在必要的屋頂上頭安裝高射火砲。

領袖安心地在某一部黑頭車內沉思默想聚精會神，計畫將意志力投射到更遙遠的蒙古草原之上。然而在某一刻，原本應該一直線絕不轉彎停頓或屈服紅燈地直達發射台的車隊居然停止了行進，領袖的神經末梢不禁為之顫慄……

「娘希匹，怎麼回事！」領袖對著車內的對講機大吼，「難道不知道車隊一停，最容易遭到敵人的突擊嘛！」

「非常抱歉，領袖。」對講機傳來一個恐慌的聲音，「前面有縱貫線的鐵道車經過，車隊只好停下來。」

「路走不了……」領袖悲傷地說，「難道不會走橋嗎？就是有你們這些蠢蛋，臭蟲才敢如此橫行。」

於是一九五四年八月，黨外市長高玉樹以新台幣四百零五萬元，在中山北路與南路的交接處蓋了長三百七十三公尺的「復興橋」——

普通老百姓稱爲「天橋」。這是全島第一座立體交叉道路，從此以後領袖和領袖的兒子上下班，都不必注意停看聽。

但隨著領袖意志力的消退，加上李登輝把官邸搬到重慶南路，中山北路終於卸下每天早晚各一次立正站好的任務。到了鐵路地下化以後，復興橋完全失去了原有的功能，一九九六年時被拆了。

那麼再見了，偉大的領袖，有空再來復興吧……

林田桶店

你有多久沒泡過湯了？

雖然說近來手頭吃緊，出國泡太多湯可能會沒錢繳健保，可是完全把生活的樂子都拋棄掉，未免太對不起自己。

不然今天晚上在家泡澡吧。

浴室門拉開一看，裏頭當然比不上北海道的露天溫泉，也差北投春天酒店那麼一點點，不過日本進口的濃縮溫泉粉倒是還有兩包，熱水一沖開始泡吧。

但是等一下，你的心裏就是有哪裏不對勁……對了！哪有人泡湯腳會伸到澡盆外的，這些洋人用的塑膠桶就是沒大腦，我們台灣人泡澡就得跟泡虎骨酒一樣，材料全都得浸透底才行。於是二話不說跳出浴缸，兩萬元現金攢在褲袋裏，趕緊出門去買個台式的檜木澡桶。

「運匠！來去中山北路的老店林田桶店……」

昭和三年，林新居在中山北路一段一〇八號創立了林田桶店，從此以後沒換過位置。隔年林桑生了兒子林相林，爲了讓這個小孩將來比自己更有出息，林桑在林相林十三歲時，就把他送到基隆日新町跟著日本師父鳥月千代松學做桶。一直到了林相林十七歲學成出師，連帶的台灣也光復以後，林桑才正式讓他繼承自己的桶店。

從仔細挑選檜木木料、鉋鋸木片、製作木片的弧度，以竹釘榫接木片結合成桶身，到將桶底嵌入桶身，最後外圍紮上鐵箍……五十幾年來，林相林不間斷地以精緻的手工完成一個又一個的洗澡桶、提水桶、花桶、壽司桶、舀水瓢、泡腳桶、飯桶、蒸籠與馬桶椅，爲他自已贏得了風光歲月和這一行頂尖大師的聲譽。在木桶的全盛期，中山北路上聚集了三十幾家桶店熱烈競爭，林田桶店更是擁有三家店的大廠，十幾位師父日夜應付訂單。五十年代後塑膠業興起，塑膠桶以快速大量的生產與低廉價格打敗木桶，使得桶店倒閉一空。但即使如此，林田桶店仍然存活下來，老屋名店相得益彰，直到今天林田已經是台灣最富盛名的木桶店。

林相林對傳統技藝始終如一的堅持，在近年來懷舊風流行，木桶製品鹹魚翻身的情況下再度獲得了重視。在台灣，許多人遠從台中、嘉義、台南來買木桶，大學生把林田桶店當作研究報告，國民小學把參觀桶店做爲正式的鄉土教學活動。而日本人更把林相林叫做「台灣人間國寶」，木桶業者派人來請他去做技術指導，店址列入觀光指南。店史也成爲台灣日僑學校的教材，還專程邀請他去演講。現在，七十六歲的林相林每天還是會在店裏和兒子認眞地刨刨敲敲做木桶。

歡迎參觀指教聞香味。

對了，木桶買好了沒，趕快扛回家泡乎爽吧。

九條通

「九條通」指的是現在的中山北路以東，新生北路以西，東西向快速道路以北，南京東路以南的一塊區域。日治時代這塊地方屬於大正町一帶，日本人把它規劃成主要以五條東西向平行巷道分割的棋盤式高級官員住宅區，俗稱「五條通」，號碼越大房子越好，後來一直擴張到九條通，甚至林森北路以東還有十條通。

一條通：日治時代的一條通本來是蓋在後火車頭，緊臨著鐵道噪音大空氣不好，住的也是窮一點的人家。美軍轟炸火車站時，還常常不小心就轟中這裏。經過了鐵路地下化、三十三號公園、華山特區與市民大道的開拓，一條通已經瓦解消失了。

二條通：位置在中山北路一段三十三巷。從日治時代以來都是住宅區，日本高官走了，新的住民多半是做火車旅客的生意過日子。復興橋建好了以後，這一區也變得比較沒落。房子拆拆建建的，現在除了有幾間小餐廳之外，仍然以一般的住宅爲主。

三條通：位置在中山北路一段五十三巷。這一條短短的巷子被包圍在住宅區裏頭，雖然不怎麼醒目但卻曾住過許多名醫和銀行家，像是台灣第一位醫學博士杜聰明、前鐵路醫院院長林迺惠、前土地銀行總經理陳遠修等等。另外，以前冠蓋雲集，還賣過連戰五百元便當的老店「通天閣料亭」也在這裏，可惜已經歇業許久了。

四條通：舊日的四條通已經拓寬爲長安東路，曾經是台北最高級的住宅區域，住的都是銀行的總經理和政府高官。蔣經國就住過現在華南銀行長安大樓的位置，第一屆台北市長、台灣省議會前議長黃朝琴也是住這邊。它和林森北路的交口則有座三級古蹟——一九三七年建的中山長老教會，哥德樣式的小建築，看起來像糖果屋一般可愛。

五條通：位置在中山北路一段八十三巷。五條通到九條通曾經是日本人最愛的極樂世界，特別是靠林森北路那一邊，從民國五十幾年一直熱鬧到阿扁市長強力掃黃才比較歇下來一點。不過在被阿本仔完全黃化之前，這裏可是有住過黨國元老吳稚暉、台灣文化史大師林衡道、香蕉大王陳查某和林本源家族的噢……

六條通：位置在中山北路一段一〇五巷。這條巷子幾乎是中山北路和林森北路色情業的代名詞，充滿了幽雅的日式俱樂部、小酒店、賓館、理容院和三溫暖。但是近來日本人景氣不佳顧客流失，倒了很多間。創立於一九六四年的青葉餐廳則是六條通最有名的餐廳，算是日本人眼中台灣料理的代表，老闆是楊麗花。

七條通和八條通：位置分別在中山北路一段一二一巷和一三五

巷，是日本料理店、燒烤店、居酒屋、日式小酒店的集中區域，有三十幾年歷史的肥前屋現烤鰻魚飯吃過的都說讚，但是排隊要排很久。

九條通：沒接到中山北路，被天津街隔開在林森北路一三八巷，早期是最冷清的一條通，多半是住家。普通商店很少，有的話也是晚上才會開的俱樂部。不過後來巷子口開了錢櫃ＫＴＶ，成群找樂子的年輕人讓這裏變得HIGH多了。

吾皇萬歲敕使街道

是的，謹遵聖旨，吾皇陛下。

森嚴的鐵砲與嗜血的武士刀已經收繳於軍火庫之中。這些冷血猛獸難以馴服，未來勢必得再度野放讓牠們自由獵殺人頭，然而此刻我們暫時將牠們囚禁，以換取寧靜的異地新年。

然後一九〇〇年我們建立台灣神社於劍潭山頂，劃定國教聖域，奉大國魂命、大己貴命、少彥名命，以及不幸夭亡的傳奇英雄北白川宮能久親王爲祭神，藉著祂們崇高的威德，爲我們永恆照看此片叛服未定的狡獪土地。

同時為了讓您的臣民能夠無礙地前來拜伏於衆神之下，我們穿越舊日王朝殘留未及收拾的田畦水塘泥地爛路，修築了一條由城內總督府直達神域，由碎石和六百棵相思樹鋪植而成的十五公尺寬的參拜道路。當您奉侍母國神靈的敕使宮地巖夫隊伍於一九〇一年行經此路，威風凜凜地登臨神社安神鎮座大祭之時，它就注定擁有「敕使街道」這個顯赫大名。遙想當年繁華盛事，不禁讓人心神激盪。

話說敕使街道的興盛，正足以彰顯吾皇陛下廣披台北城的恩澤。大街寬綽平坦清潔美觀，每逢假日公共汽車、計程車、腳踏車與行人來往穿梭，或是攜家帶眷前往圓山動物園、體育場遊樂，或是懷抱妓女情婦越明治橋，通向草山淡水北投之溫泉與高爾夫球俱樂部，時時都能暢行無阻。唯一的例外是新年時節，親愛的臣民們總是爭相於相同時辰前往神社做一年啓始的初次參拜，以致於路道頗有擁塞景況。雖然說此景況乃是一敬神愛皇的可喜可賀之事，但人車雜沓畢竟容易沾染臣民的新衣新鞋，實在有値得改善的空間。

臣民有幸，得享吾皇陛下鴻福，一九三六年我們能斥資一百六十五萬日元將敕使街道拓寬爲四十公尺，設五線柏油道路。中央十二公尺爲四線快車道，旁設綠島各二點五公尺，上立樟樹與三百瓦的高壓水銀燈。綠島外設L型側溝，溝外爲慢車道，兩旁鋪水泥方磚並植楓樹，所有路上架空電線皆改埋地下。一九四〇年完工，全長三千零九十公尺。自此以後，宮前町與御成町高級住宅區紛立，處處獨院庭園植栽椰子、棕櫚、檳榔、緬甸合歡與油加利樹，一派南洋逸樂風情。更有大正町五條通幽雅清靜條條相通的美名。至於明治橋畔，則能飽覽南方田園村落錯落美景，並遠眺大屯觀音諸山的晴空雄姿。淡綠樹梢微風拂面，使人心曠神怡解憂忘愁。是以如今敕使街道不啻爲全島最完善的道路，更與母國東京「昭和通」、大阪「御筋通」同列我國三大道路。

是的，謹遵聖旨，吾皇陛下。

以敕使街道強而有力地貫穿台北城的形式與階級分明的市區改正計畫，宰制臣民移動的具體空間，並輔以宗教信仰文化皇道的神力掌控臣民的心靈空間，即使不將冷血猛獸釋放出來，吾皇也能繼續統治本島至千秋萬世——於是我們所珍視的猛獸們，就有空放到古國中原去玩耍肆虐。

最後恭祝帝國國運昌隆，吾皇萬歲萬歲萬萬歲。

通天閣殺狗

時間是夜的十一點五十三分，大路上已經開始戒嚴。

我站在街角的暗影裏看著荷槍的憲兵將蛇籠拖出來，橫越整條大路封住兩端。高電壓的水銀路燈熄滅，一旅又一旅身穿灰藍色制服打上黃白相間綁腿的特務士兵默然地湧進大路中央。在長官低沉簡短的口令下，他們踩著整齊響亮的步伐組成鈍重的西班牙方陣。

「上刺刀！」忽然有人這麼喊。

「上刺刀！」「上刺刀！」「上刺刀！」此起彼落有人如此回應。

從遙遠古國跋涉而來的月光在刺刀上滋長繁衍，於是每位士兵都擁有了可隨身攜帶的上弦鄉愁。

「瞄準！」忽然有人這麼喊。

「瞄準！」「瞄準！」「瞄準！」嘩啦啦地有人如此回應。

我望向西班牙方陣瞄準的地方，那裏是一片黑暗什麼也看不見。但對士兵們而言，或許有蠕動的蟲和咬牙切齒的鼠類正在祕密地聚集也說不定。

所以這半個城市需要徹底地綏靖，徹底地把手槍打乾淨。

我轉進巷子裏，朋友問我要不要去舒爽一下。

我們併肩走了一會兒，遇到兩個喝醉酒的日本流氓亮出小刀來殺一條瘦黑的狗。

很俐落，不得了。好像是趁著狗一呼一吸之間的微小空檔把牠的喉嚨割破掉，狗什麼聲音也沒血一直往外噴。

我說算了前兩天喝太多了，今天公休一日。

那就可惜了，前面轉角地下室開了家新的俱樂部，小姐剛從南部上來的很新鮮，而且聽說都還在念大學。

可惜了，朋友吐了口痰走了。

我繼續走過兩側無數幽雅細緻的店招。

在古國月色無法滲浸的條通巷弄之中，這些店招只能認眞地模仿蜿蜒島國的眼神。

巷中魂魅交互，與我錯身而過。

我走進一九六六年元月十五日開始營業的通天閣食堂，望著一樓通往二樓的精巧檜木黃銅欄杆石雕小橋，跟吳老闆點了河豚生魚片、揚出豆腐和一壺冷清酒。

（但是通天閣啊……

一九一二年建的通天閣鐵塔在大阪浪速，本來只有七十四公尺。一九六五年擴建成一百零三公尺，登頂可以遠望生駒山。

生駒山啊……

當年豐臣秀吉建大阪城石牆的五十萬塊石頭大半是從生駒山上運來的。）在等待菜送來之前，我想著。

然後點白長壽。

我翻手滅掉火光，眼前一片氤氳裊裊。

捷運中山站周邊

中山北路東側的九條通是日治時代最早規劃爲高級官員住宅的區域，在這一邊不夠住人以後，西側的建成町也建了一批房子給公務人員與鐵路局員工住。但是在國民黨來台灣以後，這個地方很快地改變了原有的面貌：商店越開越多，因此經商用的違章建築也大量增加，成爲以服務中山北路與後火車站一帶居民爲主的商業區，陸續興起的產業包括了日用品、電器材料、服飾皮件、塑膠橡膠與五金工具——其中有很多行業更成爲整個台北城最大的集散地。以五金業爲例，承德路、萬全街、太原路、五原路等街道是四、五十年代有名的「打鐵街」，除了販賣五金材料工具之外，還能幫客人翻砂鑄模製作金屬用品。後來打鐵街遇到了道路拓寬改建的問題，有一部分移到了後壁溝赤峰街，於是這裏先是買賣二手機械零件的地方，後來又變成汽車修護、零件買賣和汽車音響的市集。

附近另外一個人潮洶湧的市集當然是台灣小吃聚集的寧夏夜市，最近她也以年貨觀光大街聞名。寧夏夜市的前身是五十年代以來一直熱鬧滾滾的，位於重慶北路、天水路、南京西路、寧夏路交口的建成圓環夜市。（日治時代該地原本是個小攤聚集的公園，後來挖成了戰備水池又填平。）但是一九七三年重慶北路打通，圓環陷在路中央導致商機沒落，加上一九九三年、一九九九年的兩次大火把圓環燒得破爛不堪，於是在二〇〇一年被正式拆除，連同蚵仔煎、魯肉飯、肉羹、痲油雞、蚵仔麵線的記憶味道一起埋葬掉。所幸根據建築大師李祖原的設計，同一地點改建了一個地上地下各兩層的「生命之環」做爲新的美食廣場，於二〇〇三年十月重新開幕。

不過有個古蹟活化倒是做得不錯，那就是長安西路上的「台北當代藝術館」。這個台灣第一個公辦民營的美術館成立於二〇〇一年，裏頭裝了完整的光纖寬頻網際視訊系統和最新的聲光設備，以展出當代藝術和數位藝術的創作爲主。她的前身是老一輩市民深深懷念的台北市政府舊廈，更早之前則是創立於一九二〇年的建成小學校的校舍：紅磚建築，整體平面呈U字形，內側設有拱門，中間有操場，據說還有兩個游泳池和一個相撲場。中央二層樓主建築的空間跨度大，屋頂很高，上頭鋪石綿瓦，開了幾個老虎窗，而且還突出一座由銅片構成的鐘樓，製造高仰的視覺焦點，這些都是日治時期的紅樓建築特色。政府遷台後這裏改成了台北市政府辦公的地方，一九九四年市政府遷到信義區新的行政中心去，舊建築交給隔壁的建成國中管理。二〇〇一年號稱擁有五星級教室的建成國中新校區落成啓用，其中包括了兩翼的古蹟教室：裏頭換了柳桉木地板，加裝兩線電話與電子化設備。正面主建築成了當代藝術館，剛開幕時眞是徹底衝擊了人們對古蹟利用的老想法，但只要這些高科技產物別加速了古蹟本身的衰敗的話，能搞成這樣還眞不賴。

中山北路二段

台北之家

十四十五號公園

現今的中山分局附近，曾經有座以三塊木板搭成的橋橫越了清朝乾隆時期郭錫瑠開築的瑠公圳，以便往來基隆、艋舺與松山之間的旅人行走，所以當時從南京東路、林森北路甚至延伸到信義路，都被稱爲三板橋庄。日治時代南京東路與林森北路一帶改名爲三橋町，有一大部分成爲日本人的「共同墓地」，裏面埋了三千人，日本青少年最喜歡來這裏玩試膽大會。第三代台灣總督乃木希典的媽媽，及爲台灣設立了日月潭水力發電廠和台灣電力株式會社的第七代總督明石元二郎，在回日本洽公時病逝，遺言要歸葬台灣也是葬在這裏（已經移到三芝鄉福音山）。現在晶華酒店的位置在那時候是一條「參道」，當人們從圓山神社參拜回來後，可以從敕使道轉進來墓地拜一拜祖宗八代。

一九四九年國民黨來台灣以後，從山東青島與江蘇撤退過來的軍人和他們的眷屬找不到地方住，於是看上了這塊廣大的墓仔埔，他們剷平了日本人的墳墓，把明石元二郎踩在腳底下，還將墓碑拿來蓋房子做傢俱。後來又湧進台灣各地離鄉背景來台北工作的本土移民和他們一起相依爲命，將房子蓋得密密麻麻的，走在巷子裏抬頭都看不到天空。而且三板橋跟喪事的緣分還沒完，在民權東路第一殯儀館還沒啓用之前，這裏的極樂殯儀館（附火葬場）是最熱鬧的地方，一九六二年胡適去世便是在此處成殮發喪，送葬場面人山人海。同一個年代，白色恐怖盛行之時據說槍決人犯將近五千人，成堆的屍體也都是送到極樂殯儀館停放，據說敢去認領的家屬少之又少，死人一多火葬場沒日沒夜地燒個沒停，連旁邊水溝裏的水都是熱的。所以古早的台北人要是罵人家：「你娘咧！我送你去三板橋！」就是要人家去死的意思，絕對不是要請你娘去那裏郊遊踏青。

於是這一處交織重疊著日本人的死亡、中國人的苦難與台灣人的悲哀的超大型違章建築兼破落歷史縮影的區域，逐漸地被周遭的人們視爲台北城之瘤必須割除。早在一九五六年台北市便進行了第一次「都市計畫通盤檢討」，要按照日治時代的都市計畫將三板橋編訂爲公園預定地，但是三十幾年來沒有一個市長能想得出拆人家房子又不會被訐譙的方法，直到陳水扁決定幹到底。一九九七年三月四日清晨，拆除大隊的推土機和怪手浩浩蕩蕩地開進了三板橋……

此刻，台北市有了十四十五兩號的城市之肺和即將完工的大型地下停車場，（很諷刺的，這玩意兒又被叫做城市腎結石。它只要一開挖，上頭的公園就沒辦法種大樹。）對許多人來說這算是政府天大的德政，但對另一些人而言卻是一生中最走投無路的折磨。在台北市政府沒辦法妥善安置四百戶貧窮線上的住民，卻又搶時間拆除的情況下，悲劇、誤解與衝突遂無可避免。當年六十七歲的山東濟南人翟所祥從台中來台北找朋友寄住在這裏，據說因爲癌症厭世而在拆除的前六天上吊死亡。他被「反對市府堆土機者」當作台灣公共工程拆遷史上第一位死難者，此後的兩年內，四散搬離的老榮民有十多位陸續病逝或自殺，也被認爲是老人突然被迫離開親密鄰里網絡的結果。你要是問阿扁怎麼會搞成這樣？他一定會跟你說他已經盡力了，而且成果也符合廣大市民的期望。但你要是問反對最激烈的台大城鄉所師生，他們一定會從阿扁罵到馬英九，誰幹都一樣。

這就是十四十五號公園的歷史。無論以後這裏會變成什麼模樣，反正說這段歷史的時候，一定要先說大量的哀愁和死亡來襯底。

台北之家

一八五八年因為鴉片戰爭失敗，清廷和洋鬼子簽下了《天津條約》，得開放好幾個新的通商口岸讓他們來中國做生意，台灣是其中一個，於是外國人開始來台設置領事館，最早的是在台北、安平、打狗、淡水有英國、德國或荷蘭的領事館。美國人比較晚，一八七四年先是有了副領事常駐淡水，一九一三年才有正領事駐在大稻埕。一九二六年領事館遷到了台北市御成町四丁目九番地，也就是現在的中山北路二段十八號。這間美國駐台北領事館的地基有三百七十五坪，是美國政府跟台灣土地建築公司租用的，建築本身是兩層樓白色洋房，廊柱是簡潔的希臘柱式，室內採中央走廊梯間布局，入口朝北，東側有突出的遮蔭迴廊——後來她變成美國駐台大使官邸，這個迴廊成爲大使最常用來接待外賓的地方。整體形式屬於維多利亞式風格，很接近美國南方殖民地式樣。

美日開戰以後，領事館業務荒廢了一段時間。一九四九年國民政府轉進台灣，美國派了師樞安（Robert Strong）來擔任駐台北總領事，一九五三年艾森豪總統將領事館升級成大使館，派出第一任駐台大使藍欽來台，大使館也移到中正路去。原來的領事館先變成海軍武官處，然後就成了美國駐台大使的官邸——總共住過藍欽、莊萊德、柯爾克、賴特、馬康衛、安克志六位大使。一九五三年時任美國副總統的尼克森夫婦來訪住這裏，一九五八年八二三砲戰時第七艦隊的指揮所也是設在這裏，但是一九七九年中美斷交，最後一任大使安克志離開，這棟建築物就給完全荒廢了二十來年，活像棟半夜會跑出狼人的鬼屋。

一九九七年她被台北市政府公告爲三級古蹟，準備加以修復，二〇〇〇年，台積電文教基金會捐出六千萬元贊助修復計畫，打算改建成市民休閒的藝文中心。二〇〇二年十一月正式完工大吉，現在的名字叫「台北之家」或是「光點台北」，主要的功能是用來推廣台灣的電影文化。原建築的一樓有咖啡館、台灣電影與官邸歷史的影音展示廳，和專賣藝術、電影、台北學、外交史、旅遊類書籍的誠品書店。二樓則有很高雅的沙發酒吧和畫廊、多功能廳等等。院子加蓋了一間有八十八個座位，專門放映藝術電影的光點電影院，由世界級大導演侯孝賢率領的台灣電影文化協會負責經營。

有空請來看電影聽演講喝咖啡或紅白酒，享受帶點異國情調的精緻休閒娛樂——這當然是中山北路以往的魅力所在。但如果你是專門想看古蹟的原貌，或是想了解領事館與官邸時代的歷史文化，那就不必來了。雖然改裝過的建築物本身還是很美麗，不過除了小小的展示廳裏有台小小的電視放映紀錄片以外，什麼資料也沒提供，只有年輕可愛的服務台小姐甜甜地笑著。

馬偕醫院

一八四四年馬偕博士生於加拿大安大略省的一個勇敢拓荒家庭，全家都是虔誠的基督教長老會信徒，所以他很小就立志要到海外傳教，把上帝的福音帶給全世界的人們。一八七二年三月九日馬偕從滬尾上岸，立刻以台灣北部長老教會先驅者自居展開宣教行動，他不僅走遍淡水、五股、苗栗、台北、基隆、新竹等大小城鎮，更進一步深入宜蘭、花蓮這些當時仍屬原住民支配的蠻荒領域。馬偕傳道三十年總共創立六十幾間教會，並且開辦了淡水牛津學堂和女學堂——她們分別是台灣最早的西式學校與女子學校，他兒子偕叡廉則創辦了薈聚日治時代台籍精英的淡江中學——她後來發展出淡江大學和眞理大學。馬偕博士在傳教與興學兩方面對於淡水，甚至是整個台灣都有極深遠的影響。但是對一個台北人來說，他可能既不信上帝，也沒念過牛津學堂，可是八成得過病，生過小孩，拔過牙，這時候源自馬偕博士的馬偕醫院就派上用場了。

早年的傳教士都必須接受醫學訓練，以快速有效的西洋醫術做爲打開異教徒心防的最佳工具。馬偕這位神學博士因爲幫滬尾抵抗猖獗的瘧疾和腿膿瘡而獲得民衆的信賴，不過最讓人津津樂道的是他的拔牙功夫。他到處旅行傳道，一邊唱唱聖詩講講聖經，一邊就把人家的牙齒拔出來，據說他親手拔出超過兩萬一千顆的牙齒。一八八〇年在獲得了一位同姓馬偕的美國船長夫人的三千元美金贊助之後，馬偕在滬尾創立了北台灣第一所西式醫院「滬尾偕醫館」——位置在淡水長老教會旁，現在做爲提供遊客歇腳喝咖啡的福音站。偕醫館嘉惠病人二十年，但是在一九〇一年馬偕博士得道升天以後關閉了五年之久，直到被譽爲馬偕之後最重要的醫療傳道者，加拿大宣道會的宋雅各醫師來台才重新開張。一九一二年，在宋雅各的建議之下偕醫館遷到雙連陂，並擴大成拱門立面的兩層樓大醫院，命名爲「馬偕紀念醫院」，宋雅各亦爲首任院長。這家教會醫院往後在專業護理人員培養、小兒痲痺治療、加護病房制度、自殺防治等方面都是台灣醫學界的開路先鋒。

除了兩次大戰期間曾因醫藥人員缺乏或日人徵用而短暫關閉之外，一九一二年的老馬偕建築連同另一棟於一九六二年建造，採白色簡練線條與紅色磚面相映襯的現代主義風格的三層樓院舍，持續在中山北路上爲大家服務到一九九四年才被拆除，以便蓋一間全新的醫學中心。如今你能在中山北路上看到的馬偕醫院總共有三棟：一九八〇年「馬偕醫院百周年紀念日」完工的十三層病房大樓，一九八三年蓋好的九層醫療大樓，以及一九九九年竣工的十六層醫療行政大樓。這棟新大樓啓用的那天，宋雅各的後代伊恩・佛格森也應邀從加拿大來台剪綵起鑰。當一位文史工作者問他有何感想時，他說：「我珍視台灣這塊土地，一切歸功於上帝。」這大概也是馬偕博士一生熱愛台灣的最好註解吧。

婚紗街的幸福差價

太郎花子林莉工作坊左岸精品婚紗蒙太奇婚紗會館情緣婚紗攝影黃金印象館蝴蝶・樹夢工場春天婚紗攝影約瑟芬浪漫一生非常台北西班牙・台北仙杜麗娜婚紗攝影名店BB影城新婚彩繪現代經典最佳風情寫眞心情BEAUTY好萊屋鍾愛一生王SIR另類攝影非常女人赫麗吳珊琦流行時尚婚紗協奏曲婚紗館台北時尚薇薇新娘費加洛婚禮名店今生緣婚絮館麗緻蘇菲雅青樺婚約時尚莎羅曼庭環球影城凱瑟琳李岱稜婚紗攝影老查博思婚紗攝影夢羅麗莎親密愛人珍琳蘇可麗柔法國台北結婚進行式芝麻婚姻廣場林瑞合婚紗攝影第凡內凡妮莎阿波羅非常台

北數位婚紗館福爾摩沙長隄鈴鹿新娘婚紗造型設計眞愛密碼芊翔男仕
禮服店卡地雅小品影粧館時尚花嫁風荷時尚派迪禮服卡爾男仕禮服羅
門婚紗第五季貝那提諾老麥伊莎貝爾蘿亞結婚名媛茱麗亞禮服緹亞時
尚米蘭結婚戀曲藝銘中視新娘世界愛琴海婚紗攝影皇室婚禮設計周玲
玉亞宣婚紗時尚花嫁情緣莎沙派迪禮服

這裏的幸福比愛國東路平均貴一萬五千元

飯店街

中山北路及其周邊是全台灣最密集的飯店旅館區域。她會有如此的一面，早年拜國府有意將此路塑造成台灣的國際觀光門面以及金融工商業聚集所賜，後來則因爲美軍駐台與性服務業興起而更加發達。

圓山飯店是以國際觀光爲著眼點的第一個例子，她的前身是台灣旅行社經營的台灣大飯店——將日治時代的台灣神社拆掉興建的，原本是個只有六十幾間客房的小型旅館，一九五二年爲了招待外國元首和觀光客，擴建改組爲圓山飯店。一九七三年雙十國慶由名建築師楊卓成設計的十四層中國宮殿大廈落成，總面積十一萬六千坪擁有六百三十個客房，堪稱全台北最宏偉的地標，長久以來也被當作國運昌隆的具體象徵。一九九五年飯店屋頂施工不慎發生大火，這一燒好像把人氣國氣都燒掉不少，似乎再也沒法恢復御廚盛況。

另一個兼具外交與國家政經意義的飯店是國賓，她是全台第一個五星級的大飯店——當時圓山只是四星級。國賓的所在地原本是第一任台灣省議會議長黃朝琴的舊居「蘭園」，這裏還曾租過美軍顧問團團長蔡斯。後來黃朝琴把地捐出來蓋了國賓，一九六四年開幕時她的十二層高樓是中山北路上最高的建築物，代表了台灣自力更生經濟起飛的前兆。至於對爵士迷來說，國賓還有一項難忘的記憶：台北最早的爵士樂隊「鼓霸」（一九五一年成立）在民國五、六十年代曾經長期在這裏駐唱，帶動了爵士樂的風潮。

德惠街上的統一飯店也在一九六四年開幕，創辦人是菲律賓華僑莊清泉。她是當時台北最前衛時髦的飯店，除了有錢沒命花的越戰美國大兵之外，只有達官貴人名媛小姐才去得起，蔣經國蔣緯國何應欽嚴家淦李光耀羅慕斯都是座上客，國學大師林語堂也愛去那裏喝咖啡——在統一的全盛時期，一個月能賣四萬杯咖啡，年營業額接近百億。統一的香檳廳也是爵士樂迷的朝聖地，台灣最早的西洋管樂隊「福安郡」（一九一七年成立）即在這裏駐演。到了一九九四年統一飯店還率先引領了紅頂藝人反串秀的風潮，但是在風光了三十五年後，統一飯店於一九九八年關門拆毀，現在蓋了高科技辦公大樓。

美軍休假旅館樂馬飯店（ROMA）則完全是跟美軍駐台的情況共生共存，這座偉大的羅馬城位在美軍福利站P.X.的對面，出入消費的全是美國大兵，朱天心的《古都》一書裏就覺得她好像是個「華人與狗不得進入」的租借區。美軍離台後她關門大吉，一九八三年原地變成了海霸王旗艦店，羅馬城改建爲中國皇宮，很有點驅逐韃虜的勝利味道。

美琪大飯店成立於一九六九年，位置在中山北路與民權路口。她的外表是開窗遮陽造型，非常有南國的休閒風味，可是入口立面卻有一幅像是敦煌飛天紋樣的《春到人間》超大型嵌瓷壁畫，這種台灣早年常用的俗擱有力的裝飾手法給人一種飽飽的經濟富足感。美琪飯店的夜總會也很有名，裏頭駐唱的菲律賓籍樂隊是當時推動台灣爵士樂風的主力之一，戒嚴時期年輕人只要能去飆次舞喝杯雞尾酒，就能沾沾自喜個把月。美琪在一九八九年關門，被上海商業銀行收購後改裝成閃閃發光的玻璃帷幕大樓。

富都大飯店是由中央大酒店改裝的，成立於一九八三年，創辦人是以前很有名的國際奧會委員徐亨。徐亨早年是個有名的運動員，抗戰時加入海軍，一九七九年以少將軍階退役後開始經商，並擔任僑選立委和幫台灣推廣體育事務。一九六四年他先在香港九龍創辦了香港富都大飯店，一九八三年再將富都搬來中山北路——這是港資入台的首例。從此以後台北的男女朋友就可以到十四樓頂樓的Fortuna Skyline旋轉西餐廳談情說愛。

樂馬、美琪、統一退出歷史舞台代表了美軍駐台色彩的消褪，圓山與國賓的落寞則反映了舊時代的政經力量逐漸消失，無論是好是壞，這一切的確使中山北路失去了某些與眾不同的特殊魔力。不過現在的中山北路周邊還是有大量的旅館，同時晶華、老爺、華泰王子等等新飯店也陸續成立，這條生機蓬勃的大路仍然繼續提供著台北人和各國觀光客源源不絕的性福與逸樂。

雙連聚散

左後排的兩顆智齒痛得臉都麻痺了，沒辦法嚼東西一整天只能喝豆漿。星期六中午從淡江下課坐北淡線回雙連，就去中山北路一段巷子裏的照安診所拔牙齒。

王昶雄老醫生也是位大名鼎鼎的台灣文學家，我當然是因爲崇拜他才特別走了段路去那裏看。可是畢竟是去拔牙齒的，老實說我混到二十啷噹從來沒拔過牙，結果很快就緊張到全身發抖視而不見的地步，我想臉色也一定很悽慘。王醫師一邊打麻醉，一邊不知道說了些什麼笑話，但是我腦袋像灌了速力康，什麼話也沒跟他搭到，回過神來時已經快走到雙連站了，你娘可好我到底是在幹什麼……

我坐在車站前的大榕樹下，雙手撐著下巴用力咬止血綿。正在對面國術館舉石輪的阿昆伯看到我，走過來問我在幹嘛？

「剛剛去拔牙。」我流著眼淚說，「祝痛。」

「不是有注痲射？」阿昆伯說。

「我哪知啦。」

「啊，不然我去拿兩副膏藥來給你貼，可以鎮痛消腫。」

「有效嗎？」

「有啦有啦。」

阿昆伯回去拿膏藥的時候，我看到遠處幾個小孩正在鐵道上堆石頭，這大概是所有看過火車的小孩都一致會想到要做的事情吧，就像是基因裏一種根深柢固的癢，非抓個兩把不可。一個站務員帶了根棍子跑過去把小孩子驅散，沒多久貨車便進站了。

雙連的興衰曾經完全繫在這條北淡線的脈動上。在北淡線興建之前，這裏只有兩個南北相連成人字形的狹長小湖，繁殖著草魚並灌溉小小的農村，所以被叫做「雙連陂」。遠一點現在有馬偕醫院的地方是一片放牧牛群的乾荒草地，叫「牛埔仔」，旁邊更是一大片除了蒺藜什麼也長不出來的墓仔埔，夏天晚上爬滿螢火蟲，除了給日本人捉蟲享受氣氛之外，實在看不出來會有什麼發展。不過打從日本時代台灣神社蓋好的那一年，北淡線鐵道也隨之通車開始，無論是大陸來的在淡水港上岸的高級布料、百年乾果藥材、上好紹興女兒紅，還是由士林、北投、淡水、八里來的蔬果海鮮，都要坐北淡線來雙連站，然後再讓工人們裝在平板車上，一路拉到大稻埕批發市場去做生意。不去大稻埕的一些小盤商則看準雙連陂的商機其實也不錯，乾脆就在這裏找攤位賣起來，於是這裏便日漸發達。

但話雖這麼說，在我年少的眼裏雙連的景色卻不曾改變：一節節火車上下來的青春學生、過客、歸人和擔著蔬果魚鮮的小販，經過車站旁邊賣楊桃汁、打灌腸和煮麵的攤子，一排蝟集破舊的商家市場、一畦畦沿著鐵道種植的小菜圃、尿味四溢的公廁、斑駁的紅色後門、腐朽的柵欄、有機肥料破傢俱和破銅爛鐵的垃圾堆……人們來了，聚集，去了。等待下一個日子，相同的人們又來了，聚集，又去了。

阿昆伯拿了膏藥幫我貼上，一貼就熱非常有效。結果三分鐘之內我的臉頰立刻腫得像刺蝟，口水流出來全是血，把國術館的師父嚇了個半死，以爲他的藥弄出人命來了。後來我知道了，拔完牙的前二十四小時要冷敷，貼狗皮膏藥是沒效的。我想，這就是我沒聽見王醫師講什麼的下場吧。

蔡瑞月舞蹈社

假如我是一隻海燕
永遠也不會害怕
也不會憂愁

蔡瑞月於一九二一年生於台南，十六歲由台南州立台南第二高校（今天的台南女中）畢業後，前往日本最重要的現代舞中心——石井漠舞踊專科學院學習現代舞蹈，二戰期間曾隨舞團冒險進入南洋戰線演出一千多場。一九四六年返回台南老家，隨即開設台灣第一個現代舞教室「蔡瑞月舞踊藝術研究社」。在當年瀰漫保守批判的氛圍裏，蔡瑞月毫不畏懼地到處表演，第二年在台北中山堂舉辦「蔡瑞月創作舞踊第一屆發表會」，並由頂尖的省立交響樂團伴奏，震動了台灣的藝術圈。

我愛在暴風雨中翱翔
剪破一個又一個巨浪
而且唱著歌兒
用低音播送愛情的小調
但我的進行曲
世間也沒有那樣昂揚

在台北表演的期間，蔡瑞月與當時省交的編審，也是台大教授的名詩人雷石榆戀愛結婚，〈假如我是一隻海燕〉便是雷石榆描寫蔡瑞月的經典詩作。婚後蔡瑞月繼續表演生涯，即使懷胎八月仍然照樣上台跳舞。一九四九年雷石榆因故被國民黨政府逮捕，遣送至香港。隔年，蔡瑞月也因爲收到雷石榆的來信而被捕，以通匪罪名送到新生總隊感訓——據她自己的說法總共關了七百八十八日。出獄後仍然長期受到監視，不准出國演出。「對我們而言，當時的台灣就像一個大集中營。」她說。

風靜了　浪平了
我在晴朗的高空
細細地玩賞
形形色色的大地
蒼蒼茫茫的海洋

而且我愛戀著海島
海島的自然那麼美麗
而且那麼多浪花
那麼多風雨
還有啊！太陽用多彩的光芒
把它浮雕在
白雲綠水之間

一九五三年蔡瑞月在中山北路二段四十八巷八、十號成立「中華舞蹈社」，在全盛時期是台灣最大的舞蹈教學中心，全省有八所分校，學生超過三百人，其中包括了林懷民、游好彥、曹金鈴、蕭靜文等等後來自成一家的著名舞者。蔡瑞月在接下來的三十年內編舞跳舞不懈，爲台灣創造了無法估量的寶貴文化資產。一九八三年她移居澳洲，中華舞蹈社由媳婦蕭渥廷與其妹蕭靜文重組爲「蕭靜文舞蹈劇場」。

我發狂地飛旋著唱歌
用低音唱出愛情的小調
用高音開始進行曲的前奏
哦！假如我是一隻海燕
永遠也不會害怕
也不會憂愁

一九九四年因爲捷運施工預定拆除中華舞蹈社建築，蕭渥廷發起「向蔡瑞月致敬」及「一九九四台北藝術運動」。在風雨交加之中，藝文界人士集中到中山北路的這條小巷裏聲援，蕭渥廷和兩位舞者以吊車懸掛在十五層樓的高空連續表演二十四小時的方式展現決心，同時則有三十幾個團體擠在小小的舞蹈社內接力表演。這次的行動出乎意料之外地打動了政府官員，保住了舞蹈社。一九九七年之後蔡瑞月回台進行台灣舞蹈史整理的重建工作。一九九九年歷經滄桑的中華舞蹈社以其豐厚的人文價值被指定爲古蹟，但公告第二日即被人縱火燒毀。二〇〇二年市府開始重建舞蹈社，除了復原建築物本身，還要將院子改造爲一個較寬廣的舞蹈表演空間。

二〇〇〇年蔡瑞月在朋友的力勸下，曾依「戒嚴時期人民受損權利回復條例」聲請冤獄賠償，但法院以官方資料認定她只被關了一百卅八日，賠償了少少的六十九萬元。不過到底政府該賠蔡瑞月多少錢，我想對她來說一定一點也不重要。像他們這種見過大風大浪，而且敢爲自己熱愛的事物奉獻一生心血的人，都活到八十幾歲了哪有閒功夫理這些芝麻蒜皮的小事。

但現在我要大聲笑
我要大聲笑
我贏了
我是一個久久長長
被人追逐又勇敢的勝利者

最後這一段是蔡瑞月自己寫的詩，果然不愧是蔡瑞月。
二〇〇五年五月二十九日蔡瑞月於澳洲病逝。那就飛吧，海燕。

中山北路三段

大同工學院

媽咪的晴光市場

阿豪自己帶了三瓶不同品牌的威士忌來。

我熱了披薩，把結凍的冰啤酒丟到沙發上。

因爲混血的關係，所以他長得特別好看，鼻子旁還有喬琪姑娘般的雀斑。可惜即使以做粗工的中年人標準來看，也實在太蒼老了一點。

「上次你不是說在寫跟中山北路有關的書嗎？」他猛灌了一口啤酒說，「沒來問我還寫個鳥……」

「你不是不爽說小時候的事？」我驚訝地說。

「嘿！如果是要寫到書裏算是正經事。」阿豪說，「我可以贊助朋友一下。」

喝了酒之後，耳朵發著熱，腦漿也像冰山緩緩漂到阿拉伯一樣，解凍了。

「我、我媽咪跟另一個吧女一起住在德惠街巷子裏三樓的一間小套房，大概就你家客廳這麼大。」他說，「你不用問我先說，我不知道我爹地是誰。」

「媽咪弄了張美國兵的照片，就說這傢伙是我爹地，以後會接我去美國住。我也眞傻，每天拿著照片到中山北路上晃，看到美國兵就圍著人家問有沒有看過我爹地。有的美國兵仔還不錯，會塞個幾毛美金給我，一整天湊一湊也有個一兩塊。有時沒飯吃，就去黏在福利麵包店外面排隊的阿凸仔太太的旁邊，她們會撕一大塊法國麵包給我。有一次還拿到一片乳酪和一瓶三百西西的果汁牛奶，嘿！不好意思，我居然有一種『如果永遠都這樣那該多好。』的幸福感。」

「小學國中有念沒念都嘛一樣。有了錢就到巷子內的晴光市場混，買那種一顆一顆用彩色玻璃紙包起來的進口巧克力。吃完玻璃紙留下來送小學女生，然後要她們讓我伸手到內衣裏摸一下奶子。現在晴光市場賣的東西很普通，別的地方也都買得到。以前可不一樣，要買世界各地的名牌非來這裏不行：華盛頓蘋果、飛利浦電器、Levis牛仔褲、旁氏冷霜、化妝品香水、嬰兒用品、奶粉、火腿燻肉、美國菸、服飾珠寶等等，甚至連髮膠、泡泡浴、丁字褲都找得到。東西大部分是靠跑單幫的人帶進來，或是從美軍顧問團的美國軍郵海外供應處P.X.流出來的，就跟黑市一樣。你要出得起錢，連手槍都有。在晴光看得到的都是台北最高檔的，誰買得起？廢話！除了美國兵以外，當然是賺美軍的人才買得起，像我媽咪這種的，不然就是那些靠美軍保護才能躲在台灣享受的貴夫人。老實說，那些有錢人太太的氣質身材眞正讚！手伸出來跟蔥仔枝一樣，我看得都流口水。」

「差不多我讀高中的時候美軍走了，早上去學校混一混打打架，晚上到雙城街的酒吧顧店，後來頂了一間一直做到七十幾年。你猜那時候誰在酒吧裏最紅？空中補給！眞正俗擱有力。你說晴光市場有什麼改變？是有啦，跑單幫賣舶來品的還在，不過市場裏也多了台灣小吃和菜攤，像是晴光意麵啦，鹹湯圓、阿四便當、賣海鮮雞肉的都有。除了附近的酒女酒客以外，一般台灣人來得多了，熱鬧程度不輸給美軍駐台。」

「民國八十六年不是發生了火災嗎？前兩年改建以後，我路過特別去看了一下。是變得整齊漂亮多了，還有些老攤子，但是味道全沒了……那種舊舊霧霧的小小玻璃櫃裏擺滿了色彩繽紛的洋菸盒和閃亮打火機的味道，好像整個美國的摩天大樓與寬敞街道都裝在裏頭。你想，對台北來說，塞在腸子般小巷內的晴光市場，不也就是個稍微大一點的玻璃櫃嗎？」

嘿的一聲，他又喝了一口威士忌。

「問我媽咪啊？繼續當酒女啊，手腕厲害得很。八十年的時候得了胃癌走了，連從脊椎打痲醉藥也沒有效地痛苦死掉了。她最後跟我說的一句話是：『對不起。』對不起。她跟我說對不起。我說：『媽咪，妳不要這樣子。』她又說了一次，對不起。眞他娘的，好不容易勇敢了一輩子，最後才洩了底。」

阿豪搖搖頭。然後蜷在沙發上睡了。

聖多福天主堂

聖多福天主堂建於一九六七年，由美國建築師安東尼．石頭人（Anthony Stoner）與台灣的石城建築事務所一起設計完成。與一般的尖頂不同，她是個平頂式教堂，外圍有圓圈跟矛狀構成的鐵欄杆像中古城牆一樣護衛著聖域——以前有個啞吧畫家長年都把自己的風景油畫掛在上頭販售。教堂整體看來非常小巧但戶外庭園、水池、有天頂的遊廊一應俱全，空間感十足。簡練的鐵鑄方形十字架座（上面還有個用方硬字體寫的『CATHOLIC CHURCH』名牌）從方形的水池升起，沐浴在清晨的水光粼粼之中，給人一種廢話少說，於是腦子顯得特別清爽乾淨好像剛開始念國民小學的感覺。這裏的神大概是個講起話來很親切，但又簡單明瞭的傢伙吧。教堂低處牆面使用蜂窩狀的空花磚將光線篩落在室內座位上，信徒彷彿沉浸在純淨的天主聖光之中。高處則用白色長窄立窗強調側光將如恐龍肋骨般的白色樑柱結構的層次感映照出來，使得教堂看起來更加幽深，維持了傳統教堂的神聖氣氛。但是，以上所說的現在已經都沒有了。由於老建築太舊太小，各種不同的活動都得擠在一起辦，又吵又鬧就跟菜市場一樣，於是一九九九年開始了改建工程。後來一聽說改建好了我就跑去看，一看教堂變成了台灣本土常見的磁磚外殼建築，眼淚差點沒掉下來。

早年的聖多福天主堂原本是專屬駐台美軍及眷屬的教堂，美軍離台後則仍然以服務英語系國家的信徒爲主。然後隨著菲勞越來越多，這裏也幾乎轉變成菲勞的專屬教堂，一九九七年台灣的天主教狄剛總主教邀請嘉祿傳教會進駐主持堂務，也特別聘請了菲律賓籍的神父來設立菲律賓母語彌撒。所以一到假日，聖多福天主堂的周邊便成爲菲勞聚集的場域，附近的商店大都掛上純英文字的店招，猛放菲律賓歌招攬生意，有的還改成了專賣菲律賓的本土商品與食物。而紅磚道上的攤販長龍多半是賣超便宜的台灣衣服、包包、布偶、仿冒手錶和菲律賓的流行CD。無論在巷內的小公園、人行道或公共長椅上，幾乎所有的菲律賓朋友都非常努力地大聲聊天、打手機和野餐，就跟台灣大學生辦聯誼沒兩樣，讓人看了覺得十分快樂，好想去參一腳。

跟一般的宗教機構一樣，聖多福天主堂除了提供外勞宗教上的需求之外，也有一些社會服務：堂方會保護被老闆欺負的外勞，協助他們與政府機關處理勞資糾紛，並且也熱心參與保障外勞權益的國際勞工運動。聖多福天主堂以她的溫柔寬容撫慰了異鄉遊子的不安與焦慮，成爲中山北路上最具有母性的建築。附帶一提的，二〇〇二年「台北市外勞文化中心」在聖多福天主堂後方的雙城街開幕，這裏提供外勞法律諮詢、教育講座、卡拉OK、健身房、小型圖書室和一處大廚房，也會定時辦詩文比賽、台灣文化之旅、樂團與舞蹈表演等等。歡迎你來認識外籍朋友。

楓與槭

多年之後，有人小心翼翼地問我說：「跟雙胞胎談戀愛的感覺如何？」

「就跟村上春樹寫的208和209一樣嘛。」我沒好氣地說。

「你眞是老狗玩不出新把戲。」有人說。

是嗎？我眞是沒辦法啊。

「你知道它是什麼樹嗎？」

我們站在中山北路的紅磚道上，208指著一棵有紅黃葉子的樹問我。

209雙手叉在胸前，一副等待做最後裁決的模樣。

「嘿！這不是太小看我了嗎？」我有點不高興地說，「我在大學有修過『本地植物認識』這門課噢。」

「那你說說看吧。」209說。

「這叫楓樹。」我說，「很厲害吧，我本植拿了八十八分噢。」

208和209互相轉頭望了望。

「怎麼辦？」208說。

「那間大學好像不太好。」209說。

我們坐在上島咖啡裏，208和209盯著外頭的椰子樹不跟我說話。

「到底怎麼了，我說錯了什麼嗎？不管怎麼樣，總之先原諒我吧。」我哀求地說。

「要說嗎？」209說。

「嗯。」208整整考慮了三十七秒，「好吧。」

「你覺得我們兩個長得像不像？」於是209說。

「非常像。老實說，要不是妳們T恤上的編號不一樣，乍看之下還真認不出來。」我說。

「但我們兩個其實是完全不同的人，你知道吧。」208說。

「是啊，畢竟是兩個人。」我點點頭，「口腔的香氣、肌膚的觸感、耳朵的形狀、舌頭的柔軟度都很不一樣。」

「剛才那棵樹的名字是楓香。」209說。

「不是楓樹。」208說。

「有不一樣嗎？」我說，「不是都叫楓嗎？」

「他好像反應很慢？」209說。

「嗯。」208說。

「它們兩種乍看之下很像。」208好像很美味地喝著咖啡，「可是畢竟完全不一樣。」

廣　告　回　信
台灣北區郵政 管理局登記證
北台字第15949號

235-62
台北縣中和市中正路800號13樓之3

印刻出版有限公司　　收

讀者服務部

姓名：＿＿＿＿＿＿＿＿　性別：□男　□女

郵遞區號：＿＿＿＿＿

地址：＿＿＿＿＿＿＿＿＿＿＿＿＿＿＿＿

電話：（日）＿＿＿＿＿＿＿＿（夜）＿＿＿＿＿＿＿＿

傳真：＿＿＿＿＿＿＿＿

e-mail：＿＿＿＿＿＿＿＿＿＿＿＿＿＿＿＿

INK

INK PUBLISHING

讀者服務卡

您買的書是：________________________

生日：______年______月______日

學歷：□國中　□高中　□大專　□研究所（含以上）

職業：□軍　□公　□教育　□商　□農

□服務業　□自由業　□學生　□家管

□製造業　□銷售員　□資訊業　□大衆傳播

□醫藥業　□交通業　□貿易業　□其他______________

購買的日期：______年______月______日

購書地點：□書店　□書展　□書報攤　□郵購　□直銷　□贈閱　□其他

您從那裡得知本書：□書店　□報紙　□雜誌　□網路　□親友介紹

□DM傳單　□廣播　□電視　□其他

您對本書的評價：（請填代號 1.非常滿意 2.滿意 3.普通 4.不滿意 5.非常不滿意）

內容______　封面設計______　版面設計______

讀完本書後您覺得：

1.□非常喜歡　2.□喜歡　3.□普通　4.□不喜歡　5.□非常不喜歡

您對於本書建議：

感謝您的惠顧，為了提供更好的服務，請填妥各欄資料，將讀者服務卡直接寄回或傳真本社，我們將隨時提供最新的出版、活動等相關訊息。

讀者服務專線：（02）2228-1626　讀者傳真專線：（02）2228-1598

「楓香是金縷梅目、金縷梅科、楓香屬。」209一邊切起士蛋糕一邊說，「楓樹是無患子目、楓樹科、楓樹屬。」

「楓香的葉子互生，果實是頭狀聚生果，表面有星芒狀的密刺，生長的海拔較低。」208說，「楓樹的葉子對生，果實是翅果，能夠生長在兩千八百公尺海拔的高度。」

「因爲楓香的葉子很像楓樹，而且西晉《南方草木狀》裏便說它：『有脂而香』，所以才叫做楓香。」209說。

「妳們有修過植物系的課嗎？」我驚訝地說。

「這是基本常識吧。」208說。

「我們認識的人好像都知道。」209說，「除了你以外。」

「奇怪，妳們說的楓樹聽起來不就是槭樹嗎？」我說，「原來槭樹就是楓樹啊。」

208和209一瞬不差地同時嘆了口氣。

「他好像一點小事都不知道？」208說。

「就這樣和他一起生活好嗎？」209說。

然後她們兩個一起脫掉了T恤，交換穿上。

「現在208變成209，209變成208。」209或208說，「所以209和208是同一個人，這樣對嗎？」

「當然不是。」我說，「只是換了T恤而已，人並沒有變啊。」

「楓樹是楓樹。」208或209說，「槭樹在中國原來是一種叫槭樹芽或叫七葉樹的樹，跟楓樹一點關係也沒有。」

「總不能因爲後來有人把它們兩個的名字拿來一起用在同一種樹上，就說它們是同一種樹吧。」209或208說。

「但是沒辦法，現在大家都這麼用了，名字畢竟是用了就很難改掉的東西。」209或208哀愁地說，「就像文章的風格一樣。」

雖然我覺得她們太死腦筋了，但實在不知道該怎麼開口說話。只能望著她們吃完了蛋糕與咖啡，走到門外搭公車離去。

難道這樣子的戀愛，不是跟村上春樹寫的208與209很像嗎？

美國大兵天堂

每隔一段日子，台北市政府就會熱鬧紀念中山北路開路歷史，引領老少台北人重新記憶這條大路過往的鎏金歲月。我在潮州的家裏看到這些新聞，不禁也回想起我跟中山北路有關的一些往事。

一九五〇到七〇年代我跟養父母住在中山北路二段日本大使館隔壁的小巷裏。日本大使館本來叫晴園，是台籍大詩人實業家黃純青老爺的舊宅，院子裏種滿了梅花榕樹杜鵑，春天一到杜鵑怒放，黃老爺便會邀請許多名詩人來園裏吟詩作對。當時我的養父母是黃家的長工，所以我也有機會在裏頭跑跑腿。

不過這有點扯遠了，其實我想說的是有關美國人的事情。

一九五〇年韓戰爆發，美國又開始援助國民黨政府，那一年的八月美軍軍事聯絡人員就進駐總統府架電台，隔年蔡斯少將率領的「美軍軍事顧問團」，正式展開作業，他們可以直接從總統府向華盛頓報告台灣的情況。一九五四年中美協防條約簽定，美軍顧問團開始在中山北路三段一帶蓋營區：現在的中山美術公園上曾經有美軍協防司令部——也就是後來的彩虹賓館，她簡潔的建築風格影響了以後幾十年台北市的官方建築。還有一大片木造的美軍眷屬宿舍、美國士兵專用的六三俱樂部，以及酒泉街口的美軍軍官俱樂部——後來改爲聯勤軍官俱樂部。美術公園的對面現在是中山足球場，日本時代叫圓山運動場，是在一九二八年爲了皇太子蒞台而興建的。美軍來了，把她改建爲協防司令部的營區，其中有個美軍福利站：美國軍郵海外供應處P.X.，裏面有電影院、購物中心、酒吧。連小教堂都有。

唉呀，人老了就是這樣，拉里拉雜地這才講到重點。一九五七年三月二十日，一個在革命實踐研究院上班的打字員劉自然，在陽明山的美軍眷屬宿舍附近被一位叫雷諾的美軍上士近距離開槍打死。據雷諾的說法是劉自然偷看他老婆洗澡，又要攻擊他，所以才開槍自衛的。不過也有人猜說是劉自然跟雷諾常常合作從美軍福利站P.X.裏盜賣醫療用品，兩人爲了分錢吵架劉自然才被幹掉的。不過不管怎麼樣，開槍打死人總得負責任吧。當時在台美軍享有百分之百的治外法權，雷諾交由美國軍事法庭審判，結果軍事法庭在五月二十三日以罪證不足無罪開釋了雷諾，還立刻將他送回美國。

隔天新聞報得好大，我一看氣得不得了。到了中午聽說劉自然的太太到中正路的美國大使館前舉牌抗議，我就不管三七二十一踩著做生意的三輪車也去湊熱鬧。圍觀的老百姓好幾千人一起喊口號要美國人滾回去，大家都在說美國人欺負台灣人也不是一天兩天的事情了，什麼打架鬧事、開車撞傷人、強姦台灣婦女，到最後還不是台灣人鼻子一摸自認倒楣。下午二點，有幾百人衝入大使館砸汽車燒國旗。我當時十六、七歲，火氣很大也跟著衝進去，看到什麼砸什麼，桌子椅子電話無線電冷氣機全從窗子丟出去。地下室裏還拖出來幾個美國官員，我也混在人堆裏把他們揍得唉爸叫母。（當然他們實際上叫了什麼沒人聽得懂啦。）

這次事件國民黨捉了一百多個人，但是沒關幾個人，大部分都放了。我是連捉都沒被捉到。聽說是因爲蔣經國支持反美的關係，所以蔣介石雖然向美國道歉表示會嚴懲暴民，但總算有點良心捉得很鬆。要是有人現在問我會不會後悔這麼做，我還是說不會。想想看，要到一九六五年台灣才跟美國簽定「在華美軍地位協定」，規定像劉自然這種刑案要由我們的法院審理。

同一年美國正式派兵打越戰，美國在台的駐軍人數增加到三千人，在越南打仗的軍人也會來度個五日假期，一九七〇、七一兩年就來了二十萬人次。他們在松山機場一下飛機，便有中美合作的R&R（Rest and Relaxation）招待小組的巴士把他們直接載到中山北路三段的樂馬飯店（現在的海霸王）。行李一放，一、二十個酒家小姐就會走進房間排排站好讓他們選。美國兵可憐，來台灣除了喝酒玩女人還能做什麼，過兩天回越南也不知道能活多久。小姐要做酒家這一行有她們的苦處，國民黨政府爲了要反攻大陸爭取美援，也非得捧美國人的屁股不可。甚至連有些人如果能跟美國人還是美國貨沾點邊，就會得意到連祖公是誰都忘了，我都覺得沒什麼關係。（我讀到台大畢業也是在晴光市場賣P.X.的賊仔貨。）在那個台灣人沒什麼自信的年代，這些事情都說得過去。但是我最近看新聞報導，有人一說起美軍駐台時中山北路有多熱鬧多風光多有異國氣質，一臉好像很想回到從前的樣子，我就覺得很難過。千萬拜託，台灣不要再給外國人來駐軍了。

一九七五年美軍退出越戰，美國兵不來了。賊仔貨生意沒得做，我就全省到處流浪，最後在潮州落腳當國小老師娶媳婦。一九七八年中美斷交，美國國務院助理國務卿克里斯多福來台灣協商，車隊經過中山北路要開往圓山飯店，沿路都被人家丟雞蛋潑油漆，我在潮州看了報紙手都癢起來。我想我要是還住在中山北路，絕對去給他潑豬屎。

兒童樂園愛情

有段時間比我大六歲的女朋友吵著要去兒童樂園玩，但是我很忙沒空帶她去。

「忙什麼呢？」她問。

那時候我失業在家，每天的工作只有種種香草植物和煮飯而已，顯然忙不到哪去。

這一天我得去北美館拜託研究所同學幫我留意工作的事情。

「我也要去。」感冒正嚴重的女朋友說。

「我是去辦正經事的耶。」我說，「妳還是在家睡覺吧。」

她露出一臉委屈的樣子。

星期天，有點冷，細雨像是地縛靈一般黏在身上。

從北美館出來，我們穿越圓山地下道到兒童育樂中心。

「這是台灣第一條地下道噢。」我說，「一九六四年動工，據說是爲了讓蔣介石能一路順暢到陽明山開會而挖的。」

「噢。」女朋友沒興趣地回答。

花六十元買了兩張成人票。「要看太空劇場嗎？」我問，「可以省門票錢。」

她搖搖頭。

一九九一年才完成的半球形建築「明日世界」現在看起來已經跟台灣經濟起飛時期的古蹟一樣，即使裏頭展覽的是蔣經國和十大建設的施工照片大概也不會讓人驚訝。

我們繞過稍嫌老舊的未來，走上石階步道進入「昨日世界」。

這個區域像是個時空錯亂的古老符碼大雜燴，設計這一套的人不知道按照哪裏飛來的想像，利用基因改造養出了乍看之下有點像是古物的東西，然後管它天南地北漢唐明清，毫無顧忌地把它們丟進鍋裏煮到滾。眞不曉得哪位祖宗曾經生活在這樣的世界。

不過對小孩子還是很受用，他們踩高蹺滾鐵圈非常快樂。

我們坐在石椅上看著他們。「當大人還眞累。」女朋友說。

「咦？」我說。

「從那邊走上來時，」她指著前方的一段石階，「我就慢慢想起來以前爸爸帶我來玩的情形。」

「那時候這裏還是圓山動物園。可是我想去的地方是兒童樂園又不是動物園，所以一路上一直在生氣。」她說，「大人眞的很辛苦，眞不想生小孩。」

我們的前方有個標示以前動物園關犀牛的位置的告示牌。

圓山動物園在一九八六年遷到了木柵。她早在一九一四年便由日本人大江氏創立，開幕時有七十種動物。隔年由官方買下經營，在日治時期以培養熱帶與亞熱帶毒蛇聞名世界，並擴充成擁有超過五百隻動物的大型動物園。一九四四年台灣被二戰波及，園方怕盟軍轟炸讓動物跑出欄舍傷人，於是三天內將猛獸類電死或槍斃做成標本，只留下幾隻火雞、猴子、孔雀跟狗。一九四九年國府接掌初期景況還沒好轉，園裏只有小獅子、母象、豹、熊各一隻，配上幾十隻猴子、狗，山羊和小鳥而已，園方甚至得到街上打野狗回來餵獅豹才經營得下去。但即使如此，每天還是平均有五百個人來參觀。不知道爲什麼，讀到這段歷史時讓我覺得人生眞的很寂寞。寂寞到連獅子都寧願被關到籠子裏的程度。

我們離開昨日世界，往山坡下走來到了遊樂世界。

這裏就是女朋友想來的兒童樂園。她成立於一九三四年，日本人晚上喜歡到這邊來賞月遊河。一九五八年改爲中山兒童樂園，台灣人可以來騎馬划船溜冰泡茶聊天。後來台北市政府將她併到動物園裏，直到動物園搬走後，兒童樂園接收了舊園地於一九九一年擴編成立了兒童育樂中心。

這個兒童樂園最令人不可思議的地方是，儘管時光飛逝娛樂科技一日千里，它的遊樂器材仍然維持著與二十幾年前百貨公司頂樓的遊樂場設備一模一樣的迷你尺寸與質樸風格：像是不到兩層樓高的「摩天輪」或是只會原地繞圈圈的水上「龍鳳座」。據說碰碰車是這三、四年來的新設施，但它跟二十年前我看過的碰碰車的唯一差別是：現在我坐得起。整個園區彷彿被鎖進了時光膠囊仔細地保存下來，以便告訴小孩子以前阿爸阿母雖然沒網咖泡，但也不是只能到田裏焢番薯。不用說，這裏的確非常適合懷舊，也比昨日世界來得更具眞實的人味與情感的渲染力。

女朋友想坐「輻射飛椅」，這是所有設施裏刺激的一種，可是我很害怕這類玩意兒不敢坐，她也就算了。

不會離開地面的「咖啡杯」我勉強能接受，但隊伍實在排得太長只好放棄。

在我們離開兒童樂園之前，女朋友像做了個今日結論地說：「現在我覺得我爸媽還是疼我的。」

「唉……再怎麼說，他們還是有帶我到兒童樂園來玩。」她說。

所以我有點後悔，剛剛無論如何應該要讓她坐坐輻射飛椅的。按照她的簡單標準，如果她坐了，也許二、三十年後她也會向另一個人如釋重負地說：「唉……再怎麼說，他還是有帶我到兒童樂園來玩啊。」

北美館郊遊

以前因為上課的關係，得常常到北美館看展覽。研究所的第一年有門課好像叫「藝術史研究的理論與方法」一類的，石守謙老師的課。其中有個作業是辦展覽，石老師帶我們到北美館看一個台灣美術的展覽，參考人家怎麼做，幫我們解說的是策展人林育淳學姊。看完後一頭霧水回家做功課，跟同學弄了個「中國山水中的人物研究」特展的企劃案：先寫篇為什麼非得辦這個展覽不可的導論文章，然後取好展覽名稱，畫出北美館展場的平面圖，選作品挑幻燈片做解說，完全按照作品的實際尺寸設計展場的擺置細節，虛擬邀請專家學者的演講題目和時程表等等。隔兩週上課討論被罵成臭頭，連想開口辯個兩句都覺得自己很丟臉……因為依石老師的意見，我們辦的爛展覽即將摧毀中國偉大的藝術品。

日治時代這裏有家叫蜆茶屋的小茶店賣的圓山煎餅很有名，是日本人喝茶賞月的好地方。二次戰後則開闢了一座小馬場給來動物園的遊客玩。北美館開館於一九八三年，是台灣第一座現代美術館。她的外觀看起來像是一件方形積木疊起來的雕塑品，戶外寬廣的中庭和各樓大落地窗的多層次採光設計給人一種清新明亮的好心情。從落地窗往外看，圓山的自然美景、高架快速道路、建築物、行人車輛的影像都被引進館內，如一件件生動的美術作品，似乎是無限擴展了美術館的展覽場域。

北美館南邊在美軍駐台時期是美軍營區，後來有旅館餐廳。現在則是中山美術公園：有廣大的草皮、精緻花園、水景藝術、地景雕塑、戶外劇場等等設施。還有座雕刻家蒲添生製作的林靖娟老師「浴火」塑像。林靖娟老師在一九九二年健康幼稚園火燒車事件中，爲了搶救學童放棄可以逃生的機會而殉職。一九九九年她成爲第一個進入忠烈祠的女烈士。

北美館北邊有間像童話故事裏長出來的小屋，一九九八年被訂爲古蹟。她原本叫「圓山別莊」，是一九一三年大稻埕大茶商永裕茶行的陳朝駿在印尼聘請英國建築師設計，回台灣後由日本建築師接手施工的私人別墅，多半用來接待茶商公會成員與東南亞各國的來台商人，連國民黨大老胡漢民都住過。建築本身是英國都鐸復興風格（Tudor Revival），常見於南洋的英國殖民地別墅。一樓爲磚造牆面，入口處有新古典主義模仿愛奧尼亞柱式的廊柱。二樓是木造仿半木構造，外牆線條優美的木條僅作爲裝飾功能。塔樓屋頂以銅瓦鋪成，閣樓裝有綠黃紅三色的彩繪玻璃。室內有亞鉛壓花裝飾的天花板、古典吊燈、兩座貓很想窩在旁邊聽睡前故事的壁爐和彩繪凸花磁磚等等。

但美麗的事物總是身世坎坷。一九二三年陳朝駿過世後，陳家事業衰落下來，圓山別莊也轉手賣給個姓王的有錢人。中山北路拓寬成四十米敕使大道時，別莊的花園遭到破壞沒法住人，後來便給日本憲兵行刑隊徵用，增建水井地窖關犯人。國民政府來台後由前立法院長黃國書購得恢復成住宅，美軍駐台期間則被出租當藝品店。（當時中山北路也有古董街之稱，專門做外國人生意。現在三段、林森北路與晴光市場附近還有幾家。）一九七九年被台北市政府徵購，交由公園路燈管理處保護使用。一九八七年改由北美館管理，一九九〇年修建成爲藝術家聯誼中心咖啡廳。二〇〇三年春天以「台北故事館」的新面貌出現了，請大家來聽台北城的老故事。

過了圓山地下道是台北電台和兒童育樂中心，南邊有一片高低起伏的圓山公園，這三者相接的地方有座市定古蹟「鎭南山臨濟護國禪寺」。一九〇〇年日本佛教臨濟宗妙心寺派僧人梅山玄秀應台灣總督兒玉源太郎之邀來台弘法，創建該寺。一九一一年落成，直到今天仍是全台最大的日式木造寺廟。但經過多次改建和周圍其他用地的侵略，寺區看來有點窄小雜亂，所幸她的歇山重簷式大雄寶殿保存得很完整雄偉，寺後通往地藏菩薩像的山路走起來也還是古意盎然。具江戶風格的山門鐘樓近年來曾加以修建，二〇〇一年市政府慎重地循日本古禮舉行卸瓦法會，並請來專門修復寺院的奧谷組現場施作。

最近去看她的時候是個週日，圓山公園裏好多人在散步溜直排輪丟飛盤，嘩啦嘩啦的人聲非常熱鬧，但是寺區卻一個遊客也沒有。一走進山門四處就靜悄悄的，只聽到寺內傳來誦經的聲音。現在城市裏還有這麼安靜素樸的大寺，眞是令人感動。

太古巢

嘗觀城市富豪家，簣山沼水，籠鳥盆魚，縱繁革整飭，究無活潑機，似雅而俗。

幸得林泉幽僻地，屏嶂襟江，茵花幄樹，只潦草安排，使成坦蕩蕩境，宜酒與詩。

——陳維英，《太古巢聯集》（田大熊、陳鐓厚、何茂松等編，1938）

福建先民陳遜言靠船運經商致富，一七八八年渡海來台，一八〇七年在大龍峒（現在的大同區）蓋了陳悅記大宅，並捐錢蓋了當時淡北第一學府學海書院。不久，陳遜言熱心鄉里教育的一番心意有了好報，他的長子陳維藻首先高中舉人，接著三子維菁、女婿林耀鋒、四子維英都考上秀才，從此開啓了大龍峒的三步一秀、五步一舉的先聲。

這幾個小孩裏後來最有成就的是陳維英。陳維英字碩芝、實三，號迂谷。大龍峒港仔坤人，一八一一年生一八六九卒。這傢伙小時候是個浪蕩子，仗著家財萬貫遊手好閒，連秀才頭銜都是靠他爹花錢捐來的。所幸在衆人的恥笑中他迷途知返發憤讀書，加上曾經在大火中搶救大哥的靈柩，所以他先是被詔舉爲「孝廉方正」，四十九歲時又考上舉人。他是台灣第一位閩縣教諭，當過內閣中書，據說還曾是咸豐皇帝的老師。從大陸回台後，執掌過宜蘭的仰山書院和學海書院，門下弟子高中秀才、舉人功名的超過數十人。在道光至光緒之間，光是陳家的宅子裏就出了三名舉人、十九名秀才。因此，陳維英擁有了

「台北第一名儒」與「淡北文宗」的美名，當時的人都叫他一聲「陳老師」，陳悅記大宅也被尊稱爲「老師府」。附近區域的文武百官上任，都得依例來老師府磕頭表示尊敬，連大龍峒地方的土地公也能破格戴上「翰林」帽。

陳維英晚年淒涼，膝下子媳都比他早去世，於是他看破俗世功名，一八六〇年買下整座龍峒山（今圓山）蓋了間別墅。當時的圓山未遭人工破壞自然天成，不僅是青龍滾珠的好風水，而且劍潭與基隆河美景相互映照，完全符合本文開頭那兩句楹聯的築園理想，於是陳維英在此搭了草蘆茅舍兩三間取名太古巢，除了招待客人外，有空就吃飯泡茶讀書寫詩怡神養性。如他所寫楹聯：「三頓飯數杯茗一爐香萬卷書何必向塵寰外求眞仙佛／曉露花午風竹晚山霞夜江月都於無字句處寓大文章」。

根據台北市文獻會的考證，太古巢的實際地點大約在兒童育樂中心中山北路的入口附近。那爲什麼叫太古巢呢？一來，太古就是那個文人們喜歡懷想的很古很古天地玄黃宇宙混沌初開的樸質境界。二來太古的台語發音近似「ㄊㄞ　ㄍㄜ」，現在的意思是骯髒，以前指的是痲瘋病。在陳維英搬來前，圓山一帶仍然是荒煙蔓草杳無人跡，所以曾被開闢成痲瘋寮隔絕病人與正常社會接觸。據莊永明的引用，大概是陳維英有意顚覆一般人對圓山一地的觀感，或是自勉高尚不受俗世污染的心境，因此：「以極清雅之文字，來換去極污濁之名稱。」至於爲什麼用「巢」不用文人慣用的「園」呢？因爲陳維英出生時恰好有隻白燕在陳家大厝堂上盤旋飛繞久久不去，若依中國歷代偉人的出生慣例解釋，這小孩必定是白燕投胎轉世，往後陳維英以「巢」爲別墅名大概便是因此而來。

附帶一提：陳維英早年還有個莊園叫「嘯園」或「棲野巢」，據說建在獅子巖，可能也位於劍潭附近。現存跟陳維英有關的古蹟除了學海書院（後來成爲高氏宗祠）、陳悅記大宅之外，還有他爺爺陳文瀾在內湖的墓和北投的周氏節孝坊——這是陳維英當內閣中書時奏准建立的。此外他也留下許多的書蹟給台灣北部的古蹟廟宇，像是保安宮和清水祖師廟都有。

大同大同國貨好

我沒念過大同工學院或是大同大學，沒認識任何一個念過這間學校的朋友，也沒進去校園參觀過。每次我散步經過這間美麗古樸的學校時，總會在校門口好奇地張望，猜測裏頭的學生是怎麼過日子的。

我念書的時候聽過一些有關大同工學院的事情，比方說學生們一律得住宿舍，每天要參加升降旗典禮，每堂上課必定點名。甚至是課間休息不准出校門，只有放學以後才可以……這對當年覺得不蹺課就等於看不起父母供我念大學的我來說實在太不可思議：怎麼會有高中畢業生還想再念一次高中？關於這些事情到底有多少是眞的，我到現在還是不知道。如果是眞的，我想畢竟不怎麼適合我。但是，光會蹺課不僅書念得一塌糊塗，也沒學到謀生的一技之長的我，開始找頭路後終於覺得這才是眞的對不起出錢的那兩位老大。

而且這對以「正誠勤儉」爲座右銘的大同人來說必定是罪該萬死的事。這家從一九一八年起便在中山北路牛埔仔生根立足的公司，是台灣家族企業樂於勤勞質樸的傳統，而且又能賺到大錢的最佳典範。老董事長林尙志創立的協志商號以土木營造起家，蓋過行政院大廈、台北電信局和淡水河堤等六百項工程。隨後創立的大同鐵工所則曾幫日本海軍生產過軍需品，日本人還特地從北淡線拉了條支線通到廠裏頭。

一九四〇年林尙志的兒子，二十二歲的林挺生接掌了協志商號，在未來的歲月裏將她擴展爲台灣本土最大型的電子電器業生產集團「大同公司」。大同公司最重要的成就是發展了自己的研究生產體系，不受日本資金與技術的掌控。她還有幾項創舉：一九四九年她創造了第一個台灣牌的電器「大同電扇」，並且外銷美日各地。一九五六年創辦大同工業專科學校，是台灣第一個自己辦學校培養公司人才的企業。她也是第一個倡導所有員工都要持有公司股份的企業，以凝聚管理階層、員工與公司三者親如家人的向心力。另外，她的映像管生產量至今仍是世界第一。在大同公司早年的全盛時期，林挺生個人還曾任台北市省議會前三任的議長與國民黨的中常委，喊水會結凍。

如今大同公司給人的印象通常是比較保守的：當你想買電腦時，絕對不會考慮他們也有賣「彩色中文電腦」。不過你要是想買電鍋，買來買去還是大同最耐操。更令人驚訝的是，據說直到現在大同員工平常還得念論語孟子國富論，而且公司仍把「深信克服貧窮，造福社會為我們工業人的使命。」「以學校公司工廠、政府、家長、顧客、股東、債權人、協力廠、代理店、師生、同仁與一般社會大眾均衡的利益置於自己利益之前的民務員受託之精神……」這類天下爲公的素樸意識形態當作企業經營的理念，大同大學也以「達成修身、齊家、經營學校公司工廠、治國、平天下的中華民族新文化」爲己任。雖然我的理智上並不同意其中的某些看法，但是感性上卻覺得他們要是眞的這麼想而且也努力去做的話，實在很有正大光明的魅力，就跟黃飛鴻一樣。特別是在景氣不好的年代，能夠如此誠懇地爲社會大衆創造生活福利，也算是功德無量。

中山北路四段五段

圓山大飯店

圓山遺址

一萬年前地球溫度升高，極地冰河融化導致全球海面上升。海水灌進台北盆地，加上新店溪、基隆河、大漢溪仍然往裏頭流入，於是形成了一個半鹹水性質的台北湖。湖中有個圓圓的小島，就是現在的圓山。

大約到了四千年前到二千五百年前之間，有群新石器時代的原始人開始在這裏打打獵撈撈蚌燒燒陶拔拔牙採採果子砍砍人頭磨磨石器玉器骨器什麼的。肚子餓了就到山裏頭打些鹿、豬、狗、羌，或是去日漸淤積縮小的台北湖撈些烏蜆、牡蠣、九孔螺、芋螺、榧螺、川蜷螺、千手螺、窗貝吃個粗飽，每天快快樂樂當然有時候也很無聊地生活著。東西吃完了，剩下的骨頭貝殼沒垃圾筒裝，只好隨手丟在住家旁邊的空地上，久而久之社區裏到處都是一堆堆的垃圾，蒼蠅臭蟲飛來飛去的。

後來這群原始人消失了，他們的房子、墳墓、磨石器的大砥石和垃圾堆也被掩埋在飛沙走石之中，慢慢地沉到歷史記憶的底層去。接著，圓山一帶的台北湖水消退了，只留下一些小潭小湖，其他地方都長成了茂密的森林，於是勇猛的原住民開始出沒盤距，明末荷蘭據台時期便有平埔族巴浪泵番社在此居住的記載。清康熙年間這裏叫大浪泵，乾隆年間由於同安人移民來此開墾於是改名大隆同，同治年間又改名爲大龍峒，同時圓山也以龍峒山爲名正式登上史冊的記載，人爲開發也逐漸增加——陳維英老師蓋的太古巢就是最有名的例子。當然陳老師不知道自己的「ㄊㄞ ㄍㄜ」巢眞的是蓋在「ㄊㄞ ㄍㄜ」的原始人垃圾堆上頭。直到一八九七年，著名的日本考古學者伊能嘉矩才在山頭發現了這群原始人的遺物和垃圾堆——用考古的專業名詞來說就是「貝塚」，於是埋藏了數千年的圓山遺址出土了。

但是發現歸發現，這個景色秀麗的地點用處可多了，一時之間可顧不上保護古蹟。從一九一二到一九三七，圓山遺址上頭陸續蓋了動物園、臨濟護國禪寺和陸軍基地。其間據說挖出了兩塊大砥石，一塊是「台北醫學專門學校」的教授宮原敦發現的，出土於臨濟護國禪寺的工地後來捐給了市政府，曾放在陸軍基地前方的廣場，後來遺失了。另一塊現在還放在臨濟護國禪寺的山門口，上頭刻著「無住生心」。不過文史學者莊永明認爲它是假的。

一九三八年日本人下令指定當中的兩處貝塚爲史蹟進行保護。然後從一九五三年開始，台灣大學和台北市文獻委員會合作進行科學的挖掘，挖到了更多的遺物、貝塚與墓葬，進一步勾勒出圓山遺址的廣大面貌並且豐富了整個台灣北部圓山文化的內涵。但是跟日本人一樣，台灣人和中國人雖然知道這裏是個史蹟，可是老百姓的生活畢竟還是比原始人的死人骨頭重要，所以馬路照開，眷村、電台、兒童樂園照蓋，連地底下都挖滿了軍用坑道、防空洞和指揮所。目前除了內行人才能認出的少數零碎遺跡和兒童育樂中心「昨日世界」的一個模擬探坑之外，地表上是看不到圓山遺址了。據說台北市政府已經把這一帶劃定為「圓山遺址古蹟保存區」，二〇〇〇年十二月在拆掉了二百八十四棟老舊房舍及三十多棟違章建築之後，市府在兒童育樂中心隔壁蓋好了漂亮的圓山公園供市民休閒。但是，所謂的「古蹟保存區」或「史蹟公園」如今還看不到影子。

月渡明治橋

「太偷懶了吧？」星這麼問我，「而且萬一被人瞧見了總是不好交代。」

我彎彎一笑，斜斜地倚著乾隆小舟的舷，隨心皴行。被詩人發現時，便假裝自己是劍潭的幻影。

「別鬧彆扭了吧？」星這麼罵我，「這裏畢竟是人家的小島樂園。」

我陰著半邊臉，不甘願地雕鏤新世紀鐵橋的桁架，光影膠疊。

親王倒有點不好意思，將神社掃乾淨後請我小憩。

「樂了吧？」星這麼笑我，「但是再慢就趕不上約會了。」
我雙頰發暈，陶陶地吻過明治拱橋的花崗石砌欄杆，彩染映痕。
青銅路燈提醒我，太積極可要嚇著了古寺的小幽魂。

於是夜來，
我便渡過明治橋。
照撫安睡的群鴨，
有時，隱藏躲避小童的火金姑。

於是夜來，
我便渡過中山橋。

陪伴酣醉的洋兵，

偶然，送葬遠離家國的獨裁者。

「別哭了吧。」星這麼說，「世間的事物到最後總是會破裂。」
我悶著頭，悽悽地窺視七十年老橋的落寞，焦距模糊。
「不哭了。」我說，「以後我會乖乖地從天上渡河了。」

台灣神社

神社是日本神道信仰的中心，起源於早期農業社會的萬物崇拜和各類傳統神祇例如天照大神、造化三神的祭祀活動。基本上是一種歷史悠久的民間信仰，神社常常會舉辦熱鬧的祭典，人們也習慣去拜拜求求家庭平安事業功課順利一類的。但是後來神道跟皇室的關係日漸密切，成爲日本神國思想的中心。明治維新時爲了鞏固萬世一系的天皇權力，進一步完成了天皇神格化與神道國教化。到了日本參與二次大戰前夕，神道與天皇信仰的緊密結合到達巔峰，因此也被軍國主義與殖民思想引用爲行使國家權力的最佳工具。於是在殖民地台灣，必然也少不了神社的一席之地。從一八九五年至一九四五年，台灣有一百九十八處神社相繼成立。

「台灣神社」是日治時期中山北路現代化的源頭，包括了敕使道、宮前町、明治橋與其前身的圓山鐵橋在內等等，均是爲了強化神社的功能而設計興建的。設置台灣神社的想法早至一八九七年，這一年的一月日本人已將台南一座由沈葆楨建請紀念鄭成功的「延平郡王祠」改稱爲「開山神社」。這是台灣的第一座神社，不過所有中式建築皆保持原狀，日人尚未引入神道信仰的禮儀制度與建物。

台灣神社的設置地點原本選在圓山西側，這附近自日治以來便有陸軍墓地與公園預定地，此地山水清幽樹林茂盛符合神社的基本構成要求，也易於吸引人民來此遊賞參拜。一九〇〇年時總督兒玉源太郎再次向國會提出計畫書，將台灣神社列爲「官幣大社」（表示祂屬於神社的最高位階，由皇室親自出資供奉。其他還有皇室出資的官幣中小社、中央政府出資的國幣大中小社和地方政府奉獻的府、縣、鄉、村、無格等諸社。）供奉造化三神：大國魂命、大己貴命、少彥名命以及在征討台灣戰役中陣亡的北白川宮能久親王，並以親王去世的日子十月二十八日爲大祭之日。兒玉總督也重新考察基址，決定將神社改設於地勢較高的劍潭山上，讓衆神能俯視台北盆地更顯威嚴。雖然當時劍潭山土地所有權分別掌握在大名鼎鼎的劍潭古寺、大稻埕仕紳與法國領事館手中，情況複雜取得困難，但畢竟日本人才是新來的大哥大，誰敢不買帳。

兒玉總督對這座象徵母國至高無上的統治權力的神社極爲重視，特別從日本請來伊東忠太以及五田五一兩位社寺建築大師親自設計，並由專屬皇室的傳統工匠「宮大工」木子清敬負責建造。台灣神社仿日本三大神宮之一的伊勢神宮的配置形式興建，坐北朝南俯瞰基隆河的方位也是日本神社的傳統。神社占地八萬坪，採簡潔的中軸對稱配置：參拜者過明治橋後來到第一鳥居（牌坊）與石燈籠處便是進入了神的領域，走過兩旁列滿石燈籠的參道至第二、第三鳥居，兩側有給人洗手漱口的「手水舍」與準備祭品的「神饌所」等輔助建築。再往上走則是位於中軸上的主要社殿：包括了開放讓人參拜的「拜殿」、「中門」、一直到最高處只有神職人員可以進入的「本殿」（祭神鎮座之地）與「神庫」（安放神體寶物祭具的地方）。

台灣神社於一九〇一年十月二十日完工（敕使道也隨之完工），二十七日舉行鎮座祭，主神北白川宮能久親王正式成爲全台灣的守護神，此後台灣各地陸續興建的神社亦大多以台灣神社的配置形式爲藍本。對日本人來說，此處做爲台灣位階最高的神社，過年過節自然得上山參拜一番，凡是日本官員來台也都要先來此祭拜。對台灣人而言則有不同的情況：有時是被日本人強迫配合參拜，有時是念公學校的畢業典禮或出征當日本兵時，習慣上會跟著日本人行禮如儀來神社求個平安順利。而在日人統治更加穩固的情況之下，則有更多台灣人喜歡來這裏郊遊踏青（一九二七年祂被《台灣日日新報》選爲台灣八景之上的兩個別格聖域之一）、寫生畫畫，甚至拍攝婚紗照，體驗一下日本帝國的輝煌政績和圓山美景。台籍大畫家「台展三少年」郭雪湖一九二八年的膠彩畫《圓山附近》便描繪了神社區域一片美麗安祥井然有序的動人景觀，這是件完全貼近官方喜好的作品，不僅奪得了當年台展東洋畫部的特選第一席，上山滿之總督還買下它掛在總督府的客廳裏。至於郭雪湖本人後來也在神社舉行了婚禮。

一九二六年日本人準備將台灣神社升格爲超越神社位階的「台灣神宮」，於是將劍潭古寺遷到大直去，擴充原址爲「神宮外苑」花園並在現今忠烈祠的西側增建新神殿。一九四四年在飽受盟軍飛機轟炸與日本客機降落失事撞擊的災難之後，台灣神宮徹底完蛋。戰後，神社原址改建爲台灣大飯店，現在是圓山大飯店。另一位台籍大畫家李梅樹則買了些神社的花崗石材，運回三峽做爲重建三峽祖師廟的建材，正殿那八根白中帶黑點的石柱便是了。這樣也好，以後就靠台灣自己的神來保祐大家吧，不必麻煩思親心切的北白川宮能久親王了。

劍潭幻影

福大爺是我家的遠房親戚。據說他是民國初年時大龍峒附近人人皆知的神童，七歲便能作漢詩，日本總督府還特別將他的事蹟報給天皇昭告天下萬民，算是日人治台的年度佳績之一。可是不曉得爲什麼才活到十幾歲就看破功名利祿，二話不說一個人搬到劍潭邊住。一住幾十年，本來靠當船夫謀生，明治橋通了後改當廟公過日子。

十幾年前我爲了交一份通識課的報告而去拜訪他。福大爺當時八十來歲，身體健朗耳聰目明的，還在圓山飯店後山上的一間齋堂當堂主。

我要做的是劍潭區域的歷史，事先讀了點資料。比方說，若按照乾隆年間的《續修台灣府志》的說法，劍潭地名的由來是：「劍潭在北淡大浪泵社二里許，番划艋舺以入，水甚闊，有樹名茄苳……相傳荷蘭人插劍於樹，生皮合劍在其內，因以爲名。」而若以同治年間的《淡水廳志》所載，則是：「……每黑夜或風雨時，輒有紅光燭天，相傳底有荷人古劍，故氣上騰。」至於民間則另有一段命名傳說：話說國姓爺鄭成功從台南率兵北上攻殺荷蘭人至此，忽然遭遇潭中千年鯉魚精作怪，狂風大作潭水翻滾白浪滔天，士兵死傷無數。國姓爺大怒之下，將隨身佩劍擲入潭心誅殺了魚怪，隨即風平浪靜，全軍順利渡潭。但往後如果遇到有風雨或是無月的黑夜，潭底的寶劍便會浮近水面並射出一道道紅色劍光，船隻若不小心開過劍上便會被削成一半。所以有了劍潭之名。

「雖然說最近荷蘭檔案解密，顯示荷蘭人與鄭氏士兵確實曾經在圓山劍潭一帶活動，給了這些傳說一些眞實的歷史背景。」我說，「但終究是古人的鄉野傳奇式命名法，不足爲信吧。類似的鄭成功故事也被用在苗栗造橋鄉的劍潭上。不過，福大爺，您能不能跟我說說日治時期劍潭附近的風土呢？」福大爺聽了聽，笑笑不說話，晚上留我吃了頓素菜。我想他大概是不想鳥我吧，吃完告辭走人算了。但飯後福大爺又硬拉著我泡茶吃菜脯，一直弄到十一點半。

「時間到了。」福大爺看看錶後忽然說，「我們去看寶劍吧。」

我覺得有點後悔來找這個怪老頭子，他該不會就是小時候讀書讀瘋了才被放逐到劍潭來的吧。

我們先走了段柏油馬路，然後打開手電筒鑽進一條草木叢生的小山道。山道像是由石板鋪成的，但低頭一看才發現全是傾倒的墓碑和破陶甕，連左側山壁上也嵌著墓碑。「別怕。」福大爺說，「這些可都是清代的古蹟噢。」

我們到達一處平坦地，福大爺指著下方說：「瞧那邊有個石鐘塔，這山腰原本是劍潭古寺的寺地，現在是基隆河的行水區。你知道劍潭古寺嗎？」

我說：「噢。書上寫說明鄭時代這裏是間小茅廬，供奉觀音佛祖。一七一七年信衆捐錢蓋了間小寺，名叫『西方寶刹』或是『觀音寺』，據說是台北市最早的寺廟。一七九一年又由吳廷誥等人重建，變成大廟後改稱劍潭古寺，信徒遍布全省名氣很大。一九二六年日本人為了將劍潭山上的日本神社擴建為台灣神宮，所以強迫劍潭寺遷建到大直北勢湖山邊去。前兩天我去看了，遷得有夠遠。現在她被一群公寓包圍著，外觀也跟老照片中的影像完全不一樣了，什麼八角形三層閣、歇山頂全都沒了，還有一大堆斷裂的龍柱石材被丟在廟前的小廣場上。老實說已經沒什麼古寺的風範了，看了覺得很失望。」

「這樣啊。」福大爺說，「小時候我還常去寺裏玩，跟師父一起餵放生池的烏龜。你有聽過一句俗話叫『劍潭龜聽鴞』嗎？就是說烏龜一聽到敲木魚的聲音結束了，就知道師父要餵牠們吃飯了，所以大家都會伸長脖子等。好了，十二點了快出現了，把手電筒關掉，注意看劍潭寺前面。」

我不知道福大爺在想什麼，難道眞的是要看寶劍浮出來嗎？拜託，不要說寶劍，連劍潭本身也早就消失了啊。

但是我不敢相信我的眼睛。這一天確實是個無月的初一夜晚，山路上也沒有車輛通行，劍潭寺舊址前的基隆河水面卻忽然有一小片（大概兩坪大）由黑轉亮，像是有探照燈從河底往上照。沒一會，我就看見了六、七道傳說中的紅光（有點透明，並發散著光暈，大約有一公尺的高度。）從那一小片發亮水面中同時射出，持續了半分鐘左右消失，隨即水面又立刻轉爲全然的漆黑。

我看得啞口無言，渾身沒法動。福大爺說：「劍潭雖然沒了，但基隆河還在。誰曉得何時會又出現水怪，這寶劍三不五時還是得出來巡一巡。尤其是月黑風高的夜晚，這是水怪最常出現的時刻。」他笑著牽我走回大馬路。

「還有別人知道嗎？」我抖著聲音問。

「當然。劍潭寺的師父都看過，也是他們告訴我的。」福大爺說，「不過這沒什麼了不起的吧，中國寶劍那麼多，鄭成功的也沒什麼特別吧。」

「那它眞的會把船削一半嗎？」

福大爺哈哈大笑，「年輕時我也這麼想過，所以不怕死的去試了一次。你猜怎麼著……」

我搖搖頭。

「就是因爲船沒了，只好改行當廟公啊。哈哈哈。」福大爺說。

前一段日子爲了要寫這篇文章又想起了福大爺，不曉得他還在不在。於是趁著舊曆年家族聚會我詢問了到場的親戚，但居然沒有任何人聽說過「福大爺」。

「就是以前大龍峒那個神童嘛，還上過《台灣日日新報》的啊。」問到最後我有點火了。

「大龍峒？」負責寫我們家族譜的五叔公邊乾紹興邊說，「我們家世代攏是打狗人，從日本時代開始不是住旗后就是住哈瑪星，誰去住過台北的大龍峒？死囝仔，你是台北住太久，頭殼壞去嗎？我早就叫你爸不要讓你去台北讀冊，講嘜聽。」

圓山天文台

台灣最早的天文台源自日治時期《台灣日日新》報社在台北公會堂四樓頂樓靠南處架設的四英吋折光式赤道儀望遠鏡圓頂觀測台（這是當時最新的機種）。一九三八年報社為了紀念創辦四十周年，特別將整座天文台贈送給台北市役所當作造福百姓的禮物。天文台由公會堂人員管理，並交給以日人為主的民間組織「天體觀測同好會」營運，一週兩次供市民參觀使用。日人撤走後，公會堂改為中山堂，天文台改由台北市政府教育局、台灣省氣象局、中山堂共同管理經營。一九四七年正式運作，可惜經費不足發展不易，一直未受到市民的重視。

一九五七年十月四日人類第一顆人造衛星史潑尼克一號（SPUTNIK 1）成功進入軌道，鼓舞了世界各地的天文愛好者。台北市政府也有所反應，決定將天文台從光害嚴重的中山堂遷到更爲合適的地點。市政府選中的地點在圓山風景區內，圓山飯店前。一九六〇年開始興建，一九六三年完工啓用，一九六五年風風光光地安裝十六英吋反光赤道儀望遠鏡，再過四年行政院通過組織章程賦予了圓山天文台正式的官方地位。同年，天文台的主要規劃與創辦人蔡章獻先生出任台長。

蔡章獻大概是台灣人唯一叫得出名字的天文台台長。他出身於艋舺望族，一九三八年便參加了「天體觀測同好會」，戰後仍然受邀於中山堂天文台擔任氣象技佐。一九五二年蔡章獻發現麒麟座不規則新變星（BDI8o1642）。一九五六年他組織「中國人造衛星觀測委員會」，出任觀測台長，負責美國史密斯松寧天文台（Smithsonian Observatory）的遠東人造衛星觀測業務。一九八○年國際天文學界將人類發現的第二千二百四十顆小行星命名爲「蔡」，以表彰他的天文成就。在他前面的中國人星星只有六個，而且全部都是歷史課本上才看得到的古人（孔子、老子、張衡、祖沖之、一行禪師、郭守敬）。蔡章獻的努力與才華使得圓山天文台聞名國際，一九九一年他自天文台退休，但仍活躍於兩岸的天文學界。近年來外星人風潮盛行，他也是這門學問的專家，據說一九六七年時他曾經親眼在圓山天文台上目擊幽浮，他的弟弟蔡章鴻則同時以天文台的五英吋海軍用望遠鏡，裝上十六厘米相機拍下了台灣第一張的幽浮照片。

一九八○年天文台的天象館落成啓用，成爲圓山風景區的新地標，也擴大了國內的天文普及教育，特別是在一九八五年時引爆了全國老小觀測哈雷彗星的熱潮，（我也是其中一員，連續幾個星期半夜都爬上公寓頂樓餵蚊子。）以後只要有什麼流星雨、彗星、月蝕等天文異象，圓山天文台就人滿爲患。所以，在空間與設備均逐漸不敷使用的情況下，新的天文科學教育館開始於士林區基河路三六三號興建。一九九六年圓山天文台正式走入歷史，由新的天文館承續她的宇宙使命。二〇〇〇年圓山天文台被拆除乾淨。

中山北路的開發與士林

陽明山、天母、石牌、士林一帶是現今台北市範圍內最早有漢人開墾的區域，時間可以追溯到明朝永曆年間——當時此地仍屬於凱達格蘭平埔族原住民毛少翁社活躍的地盤。至雍正年間，漢人墾地擴大人口逐漸聚集而形成市街，於是對外交通的需求大增，早期的田間便道已不敷使用。乾隆四十五年（1780）連接台北城，經由士林到淡水的北淡道興工，這便是未來中山北路的雛型。光緒十一年（1885）爲了自淡水運輸部隊以對抗來犯的法國軍隊，劉銘傳開闢台北至宜蘭的淡蘭便道時，也進一步拓寬了北淡道。對清領時期的台北而言，北淡道的開發一方面讓漢人更能驅離原住民掌握北部地盤，另一方面則將較早開發的北部農業區域跟新興的商港市鎮，像是艋舺、大稻埕連接起來，促進了商業的流通，但同時也引發了許多慘烈的分類械鬥——士林早年的發展過程即見證了這段歷史。

清代士林初名爲八芝蘭林或八芝蓮林，一般均認爲出自於毛少翁社族人對陽明山至天母一帶的稱呼「Pattsiran」（指的是溫泉生意）的譯音（不過也有士林在地的文史工作者認爲是該地森林中盛產野生蘭花之故）。後來在有清一代則陸續有蘭林街、八芝蘭、八芝林、八前藍、芝蘭街等名稱。先民於今日新光醫院後方的美崙街、雙溪、文林路與福國路交口附近墾荒居住，並建了一座福德祠爲聚落中心。乾隆六年（1741）大水氾濫沖毀福德祠與房舍，先民遂向東移居至今士林前街後街一帶，並重建福德祠爲芝蘭廟，嘉慶十七年（1812）改祀神農大帝即今日仍在原址的神農宮。稍早嘉慶元年（1796），先民並於竹巷仔頭（台北美國學校舊址，文林北路與福國路口西南角）興建一座天后宮供奉媽祖。至此八芝蘭區域已有完整街道，並成為台北北部農漁產業重要的生產地與市集。

但伴隨墾地擴增與商業發達而來的是日趨嚴重的分類械鬥。約以劍潭山山腳為界，以北的八芝蘭住的多是漳州人，以南則以艋舺的泉州人為強勢，雙方經常為了各類利益與州籍情結，沿著北淡道攻殺不已，連官府都束手無策。咸豐九年（1859）漳泉械鬥達到高潮，泉州人自艋舺、大龍峒、社子等地分頭出擊圍攻八芝蘭，漳州人死傷慘重，天后宮焚燒殆盡，八芝蘭市街也隨之完全毀滅。

械鬥結束後，在八芝蘭鄉紳潘永清、潘盛清兄弟的奔走之下於咸豐十年選定下樹林重建街市。以往後於同治三年（1864）竣工的天后宮，即香火延續至今日的慈諴宮為中心，預先劃定廟廷、道路、橋樑、水溝、店鋪、民宅、隘門、碼頭、運河等設施所在，一步步地建立起一座全新的市鎮。同時以新開的大北路、大南路、大西路、小西街與北淡道相接，通稱八芝蘭街。再加上日治時期開闢的小北路與大東路所圍之地，便是今日慣稱士林新街的大略範圍。她是台灣北部首座具有都市計畫觀念的方整格子狀市鎮，比劉銘傳規劃的大稻埕與台北城要早上二十年。

日治時期明治三十四年（1901），以下樹林的「樹林」諧音及日治前此地學風鼎盛士子如林的緣故，改八芝蘭街爲士林街。大正九年（1920）合併八芝蘭舊街（時稱福德洋庄）、社子及其北方廣大山區，統稱爲士林庄，昭和八年（1933）又改爲士林街，即今日士林區的大致範圍。

劍潭山之前的北淡道是以日治時期敕使道的興建爲轉捩點，直接變成了一路到底的現代化大道，然後又成了「中山北路一至四段」。但隸屬士林區的北淡道則還要經歷更久更複雜的整建，才成爲她的一部分。國民政府來台後，將北淡道由士林轉往淡水的那一段修築爲文林路、文林北路等等。另一段直通天母的路先被稱爲「天母路」，民國五十八年大規模整建後，曾被劃分爲「中山路一、二段」、「中七街」、「天母一路」。接著，有點像是「反正前面那一段叫中山北路聽起來滿體面的，乾脆連著一起叫算了」的感覺，民國六十三年，中山路一、二段改爲「中山北路五、六段」，到了民國七十一年，天母一路也被同化成「中山北路七段」。好不容易，中山北路終於完成了統一大業。

士林刀鄉野奇譚

士林刀是頂港有名聲，下港有出名的士林名產。大家都知道它的發明人叫郭合，可是它怎麼被發明出來的就沒人曉得了吧。那麼，今天就來跟各位講講士林刀的由來。

這位郭合先生出生於道光二十九年，也就是西元一八四九年。他們家世代居住在八芝蘭舊街，也就是現在士林神農宮附近。父親是個殷實的染布商人，辛苦工作大半輩子積了點小財富，成爲八芝蘭在地的有錢人。他生郭合時年紀已經一大把了，一心就想趕緊栽培這個小子繼承家業。不過再怎麼教，郭合就是不願意做染布這一行，沒辦法只好讓他出外去吃點苦。

郭合十八歲那一年，舊街庄仔外來了個叫陳才的福州刀匠。當時的福州刀非常出名，有所謂的「天下十刀，福州占三：剪刀、菜刀、剃頭刀」之稱。陳才出身正統福州刀匠師門下，帶著妻女剛從唐山過台灣來討生活。不幸妻子得了瘧疾死在船上，只剩他和女兒青姑平安到達八芝蘭。同一年，郭合就拜在陳才的門下學打鐵鑄刀。

以前的人拜師學藝都得要先花上三年四個月打雜做零工，才能開始學點眞正的功夫，郭合照理來說也不例外。不過因爲他天資聰穎又勤勞肯幹，陳才非常欣賞他，不到一年半就讓他跟在旁邊學鑄造鋤頭。這樣一來，郭合打鐵技藝突飛猛進，再過半年便能學著打菜刀。而在這段期間裏，郭合也和青姑滋生愛苗互許終生，陳才看在眼裏，老實說早就有意將青姑許配給這個有爲的年輕人。但自己畢竟是個略有名聲的福州刀匠，隨便就把女兒嫁給一個還沒出師的徒弟，一定會被人家笑說是貪了郭家的財產。於是陳才公開宣布，只要有人能打造出一把比他的菜刀還鋒利堅硬的刀子，就將女兒嫁給他。陳才期盼，在未來的幾年之內郭合能在他的磨鍊下達成這個目標。但是陳才能等，郭合可不能等。再不學成出師娶老婆，就要被老爹強迫娶某家的大小姐了。

陳才宣布這事的半年內，台北城裏學打鐵的年輕小夥子大概都來比了一回，沒一個成功的，八芝蘭鄉親更加佩服福州刀的功力。郭合也想趕快鑄把刀跟師父的菜刀比一比，可惜好材料無處可尋。好不容易青姑幫著偷拿了點刀料打成了一片小刀刃，不過試來試去就沒一種刀柄合用的。因爲刀刃雖小但背圓刀身厚，理論上很容易施力重擊，可是沒有一種刀柄材料能做得那麼小，又要能夠咬合承受這麼大的力量。郭合非常苦惱，不知如何是好。同治九年（1869）的某一天，他送鋤頭到一戶農家去，那戶農家前兩天剛好死了頭水牛，牛角被拔下來準備賣到中藥行。郭合靈機一動，鋤頭錢也不收了，硬是跟人家求了一小截的白色水牛角。他先將牛角磨成適合握的長柄狀，把刀刃裝入後再以銅片緊緊包住牛角，最後打上銅釘完全固定。如此一來，堅硬的水牛角便可以幫刀刃承受最大的打擊力量，於是著名的「茄柄竹葉刀」出現了。

但是光這樣就鬥得過福州刀了嗎？當然不可能，郭合的鑄刀功力比起陳才還差得遠呢。郭合知道，青姑也心知肚明，可是沒辦法，不比就沒機會了。就在比試的前一天，青姑偷偷地從郭合房裏拿了「茄柄竹葉刀」，走到了芝山巖上。她聽爹爹說過，新鑄的刀子一定要先見血開封才能達到最銳利的程度，但是一般的日常用刀要是見血開封對使用者來說反而危險，所以千萬不能這麼做。因此，唯一能打敗福州刀的方法，只有讓這把「茄柄竹葉刀」嚐嚐血的滋味了。青姑一咬牙，便將刀子往自己的手腕上抹去。鮮血流滿了整支刀子，並且滲入白色牛角之中，一下子就將刀柄浸染成了深紅色。過了一刻鐘，血乾了又轉為暗黑色，青姑趕緊把刀刃上的血洗掉，但刀柄的部分卻洗不掉。

隔天，郭合發現了刀子的異樣，也看到青姑手腕上包著棉布，心裏便知道是怎麼回事。他想，即使自己的刀子見血開封也不會是福州刀的對手，但青姑的一番心意卻絕對不能辜負了。郭合走到陳才的房間，雙手奉上這柄「茄柄竹葉刀」並告訴他事情的來龍去脈，承諾自己以後必定努力學藝，直到有一天師父能安心地將女兒託付給他。陳才接過刀子仔細端詳，不禁被郭合的才華和女兒的痴情所感動而流下淚來。他的眼淚滴到了刀柄上，融化了早已乾硬的血漬，染紅了他的雙手。

事情總算有了完美的結局，第二年陳才便將青姑嫁給了郭合。而郭合也不負恩師兼丈人的期許，三年四個月學藝完成後自己開了家

「郭合記」刀店，從此以後八芝蘭就有了一句俚語：「只知郭合記，不知福州師。」當然，郭合能夠超越陳才的最重要產品便是後來更加精鍊強化的「茄柄竹葉刀」，也就是「八芝蘭小刀」與現在所稱的「士林刀」。而爲了懷念青姑的情意，郭合往後打造士林刀一律使用黑色的水牛角。早期八芝蘭農民工作時經常隨身攜帶士林刀，但到了日治時期傳承郭合鑄刀技藝的子孫以士林刀屢屢獲得官方大獎，使得刀子價錢飆高，成了一般人買不起的奢侈品。國府來台後，更多徒子徒孫開花散葉，全盛時期士林有數十幾家店在打造士林刀。如今則剩兩家：一家在大北路，由「郭合記」第五代傳人郭明讓親自主持。另一家在小北街叫「吉記商號」，「吉」字牌創立於一九二八年，在一九三七年得過刀業大賞。過去曾由郭合的曾孫郭文成主持，現在的負責人是台北市碩果僅存的老金工邱顯曜。他改良了士林刀的製作技術，首創刀柄一體成型鑄造，刀刃則爲白鐵夾鎢鋼，鋒利如昔。

鬼仔市

咸豐同治年間，八芝蘭人自被泉州人攻毀的舊街遷至新街之後，建立了慈諴宮作爲信仰中心。很快的，慈諴宮對面的大南路空地形成了熱鬧的市集，一八〇九年日人便在此地規劃了一個完整的公有市場區域，也就是後來大家慣稱的「士林市場」。不過對老一輩的八芝蘭人來說，這裏有個更奇妙的名字叫「鬼仔市」。

爲什麼叫「鬼仔市」呢？根據士林耆老與文史工作者施百鍊的說法，這是因爲早年士林郊區、草山與社子一帶的農民攤商都會在深夜就提著燈籠火把從家裏出發向士林市場集中，以進行大批發的交易。

會這麼做一來是由於以往交通不便得提早出門，二來則是可以規避掉早晨開市後必須被課徵的稅款。所以，夜半時分處處火焰飄盪的士林市場就被稱為「鬼仔市」。不過台北市市場管理處委託民間製作的《台北市士林市場古蹟維修工程規劃報告書》裏卻有不同的意見，調查者認為在當時士林新街的主要街道（例如大西路、小北街、大南路）之外，現今士林夜市附近仍然是一大片墳墓區，夜晚自然是鬼火幢幢。而農民又非得經過此地進入市場，所以「鬼仔市」之名不逕而走。究竟哪一個說法才是正確的呢？仔細想想兩者並沒有衝突，大概是綜合在一起現象經過不同的傳言轉載的結果。抱著這樣的想法，我們向一家三代都在大西街賣肉的攤商求證，卻發現事實較原本想像的複雜。

原來當時的大批發交易的情況確如文史工作者所言，通常於破曉之前便已展開。七點開市之後，大批發商退場小盤商開始沿街擺攤販賣批來的貨品：大南路以買賣蔬菜、魚鮮、花果爲主，大東、大西兩路爲肉攤聚集，大北路則是柴市。市場門口設有管理員操作公定磅秤，保障公平交易。稱過之後，管理員會在放置貨物的竹籠或推車上貼一張小賣市場使用券，作爲課稅的依據。八點到十點是市場最熱鬧的時段，近十一點時購物人潮逐漸散去。小販收拾完攤子便會到士林街上購買日常用品，順便在雜貨店吃吃午餐再回家。

早市歇業以後，下午就輪到暗市（黃昏市場）以及夜市。此時販賣的東西與早上不同，除了少數的菜攤以外，還有更多賣日常雜貨、衣服、糖果玩具的攤子，以及數量最多的小吃攤，這便是士林夜市的起源。然而，以前和現在不太一樣，所謂的夜市頂多只營業到晚上十點左右，每天都得早睡早起的務實士林人也該回家上床了。接著，以人潮完全散去的十一點子時爲基準，終於輪到「鬼仔市」開工了。

「鬼仔市」的位置正如規劃報告書所言，位於早年士林街外的墳墓區。在陽間的夜市結束後，士林街、草山、芝山巖大墓公與社子一帶的鬼仔就會額頭前燒著鬼火照路往鬼仔市前進。與陽間的夜市相同，鬼仔也是擺設攤位交易，內容則以康熙以來陸續研發成功的台灣小吃爲主。由於小攤多是死於分類械鬥中靈魂無處可歸的羅漢腳，所以他們通常都在這裏渡過了上百年的光陰，也因而保存了台灣傳統美食的做法，其中許多更是陽間早已失傳的技藝。這原本當然是屬於陰間的祕密，然而透過招魂、碟仙、中邪、請神、瀕死經驗、觀落陰與託夢等等途徑，士林人慢慢地將這些失傳技藝一點一點地拼湊起來，並且進一步改良成符合現代人的口味，於是造就了士林夜市的小吃王國。據了解，以類似方式重現陽間的士林美食包括了大餅包小餅、十全排骨、生炒花枝、生煎包和蚵仔煎等等。

出於對這些鬼仔的感激與尊重，百餘年來的士林人即使知道鬼仔市就在隔壁，也絕不會故意去干擾人家的正常作息。每夜鬼仔市大約在凌晨五點寅時前結束，八方鬼仔各回墳地。此時陽間的攤商則已經接近士林市場，雙方即在北隘門到舊街的大石路上交會，一時之間陽世的燈火與陰界的鬼火在幽暗中交織成一片火海，從芝山巖惠濟宮看下來分外美麗動人。

這個人鬼共同參與的市場形態延續到了民國六十年代，士林人仍然爲鬼仔市保留了空間，鮮少願意侵入他們的領域，現今士林夜市一帶依舊車馬冷落，完全看不出來以後會變得這麼熱鬧。不過由於士林街上的舊批發市場容量飽和，大量的攤販也使得市容變得非常髒亂，民國六十年在官方的強力整頓之下，攤商重心開始移向大南路外。在民國六十五年完成與大東路、文林路相接的山仔腳圳大排水溝加蓋、開路建新商店街，以及民國七十六年基河路開闢之後，一個連接新舊市場的超大型夜市區塊出現了。

「等等，」你也許要問：「那麼，鬼仔市跑去哪了呢？」老實說沒辦法，鬼仔熟悉的墳地已經完全被陽間的市場占據了，加上夜市也是通宵營業，根本沒時間給鬼仔市開市，大夥早就四散了。如果無論如何想知道他們的去向，可以到芝山巖上的同歸所或殘留的幾座古墓前詢問。

士林官邸

士林官邸所在地於清朝時為乾隆年間舉人吳維仁的土地，他因為想要反清復明，所有家產被官府沒收充公。一九〇八年日治時期建立總督府園藝支所，主要為研究柑橘的引種繁殖。日人離台後由台灣省政府農林廳農業試驗所接收，改為士林園藝試驗分所，重點是推廣蘭花培植。一九四九年台灣省政府在此興建七棟外賓招待所，當年大陸戰局徹底逆轉，國民政府即將遷入台灣，台灣省主席陳誠將軍開始幫已經下野的總統蔣介石找房子也看中了這裏。一九五〇年新建的官邸由殷之浩的大陸工程公司興建完工，隔年蔣介石自暫住的草山行館搬進士林官邸，總共住了二十六年直到去世爲止。

士林官邸可分爲兩大區域：一個是官邸背後依靠的福山山系，上頭是大直要塞區，一旦發生戰事蔣介石就能夠從官邸內的祕密坑道直通山中的指揮所領導作戰。另外一個是平地，除了園藝試驗所本身的花圃、溫室栽培區、園藝館之外，還有一些重要建物例如：蔣介石夫婦住的兩層樓正房、招待所、侍衛營舍，專給蔣氏家族和高級官員受洗、辦婚禮和做禮拜的凱歌堂、停車場、蔣宋美齡情有獨鍾的七十多畦玫瑰園、中西式庭園、專門幫蔣介石辦大壽的新蘭亭、蔣介石爲了紀念親娘王太夫人而建的慈雲亭，亭子底下還有個他專用的五十公尺長環形防空洞。

而爲了保障蔣介石夫婦的安全，這座美麗的莊園有著重重的護衛。由外而內分別是：大直要塞區是由陸海空三軍聯合防護的「衛戍區」，在山區至官邸的交界處則布置四層鐵絲網與軍犬隊守護。園藝試驗所附近包括凱歌堂、中式庭園等被稱為「外衛區」，以及官邸正房外圍建築包括招待所、侍衛營舍等被稱為「中衛區」，則由國家安全局、情報局、憲兵單位守衛。至於正房四周與內部被稱為「侍衛區」或「內衛區」，侍衛人員絕大部分是跟著蔣介石從大陸來台的浙江籍侍衛，往後在台灣選拔時則以浙江、金門、馬祖三地出身的軍士官為主。至於官邸緊臨的中山北路——從士林官邸到總統府這一部分幾乎等於是中華民國的大動脈。只要蔣介石要去總統府上班，踏出門口的前半小時整條中山北路就會由憲兵、交通警察、警總便衣構成「特勤區」。

蔣介石在世的時候，官邸一年有五次可以讓民眾來會客室向元首簽名致意。時間分別是：新年元旦、農曆初一、蔣宋美齡農曆生日（二月十二日）、蔣介石的國曆與農曆生日。一九九五年在徵得老主人蔣宋美齡的同意下，擁有官邸產權的台北市政府將士林官邸開放給民衆參觀，不過核心正房仍然在國安局特勤小組二十四小時嚴密的守衛之下，遊客無法接近，每次去我都會隔著鐵門跟那些特勤人員對看一陣子。陳水扁就職總統那年曾徵求過蔣宋美齡的同意，準備開放讓民衆進正房參觀，連日期都發表了。但後來被台北市政府以正房已列爲市定古蹟，需要仔細評估相關措施爲理由給擋掉了。現在都過了好幾年了，不知道什麼時候才有幸進去瞧瞧這對曾經號令中國的偉大夫婦是如何過日子的。

芝山巖

時間是清朝康熙中葉，當漳州先民越黑水溝漂洋過海，溯雙溪上岸時，觸目所及盡是一片令人不禁悲從中來的、被雜草亂林水澤爛泥掩蓋的低窪地表。心裏這麼一酸，嘴巴上便直嘟囔著：「我幹嘛沒事找事做，把爹娘妻兒全擱在家鄉，自己一個人來這荒島受活罪。好想回家噢……」好不容易回過神來定眼一瞧，喲！遠處有座凸出地面的圓渾小山，上頭草木鬱鬱蔥蔥，像極了家鄉那座「芝山」，於是在這四顧茫茫不知往哪兒去的時刻，大夥便一邊順口給它取了個「芝山」小名，一邊情不自禁地往它所在的方向前進。

清代時芝山巖又被稱爲「圓山仔」，東北兩側的山腳下則因爲大石盤距而被稱爲「大石角」，從文林路與福國路交口的美國學校舊址起直到圓山仔腳大石角（今岩山里）便是漳州先民最早開墾八芝蘭的區域。至乾隆年間，山邊耕地增加聚落擴大，先民覺得能有這麼好的生息全是靠了家鄉的守護神「開漳聖王」的保祐，所以先是在乾隆十七年（1752）於芝山巖上蓋了座小祠供奉祂，十二年後改建落成大廟「惠濟宮」，成爲北投、士林一帶漳州人的信仰中心——至今身爲國家三級古蹟的祂仍然香火鼎盛。田地房舍寺廟都有了，漳州先民生活改善之後也開始爲下一代著想。道光二十年（1840）八芝蘭仕紳潘永清在惠濟宮後蓋了間文昌祠，同時設置義學免費教育學子，這便是「士子如林」的起源。

不過再幸福的天堂，處於那個野性拓荒的時代之中也免不了有戰連禍結。乾隆五十一年（1786）漳州人林爽文起兵反清，一度席捲台灣中南部，後來在清朝正規軍與泉州人、客家人組成的「義軍」反攻之下終歸失敗。遠在北部的八芝蘭漳州人也有人響應同鄉，跟其他省籍的移民鬥了起來，死了好幾十人。無法辨認身分的死者被合埋在芝山巖上，稱爲「大墓公」。接下來則有年復一年的漳泉械鬥，爲了抵擋泉州人，八芝蘭人於道光五年（1835）在芝山巖四周建築城牆並於東南西北設立隘門，將整座山頭作爲最後的戰鬥堡壘。咸豐九年（1895）台北城史上最慘烈的泉漳械鬥爆發，八芝蘭人大敗逃到了芝山巖上拚死抵抗。據說在幾次的反擊失敗，以及泉州人慘酷地虐殺投降者，連巖下小河濁水港都被鮮血染紅的情況下，開漳聖王終於顯靈使芝山巖上的芝山草幻化成軍士，協助祂的信徒擊退敵人。至於不幸死亡的漳州人和少數泉州人則一起埋到「大墓公」裏，一九二九年重修後改稱「同歸所」。

時間一晃到了日治時代。一八九五年日本人一來聽到八芝蘭「士子如林」的大名，便在惠濟宮設立了「台灣總督府學務部」，同時設立「國語傳習所」也就是「芝山巖學堂」來取代文昌祠義塾推廣日本教育。隔年又改爲「台灣總督府國語學校」，她的第一附屬學校即是後來的「八芝蘭公學校」、「士林公學校」以及演變到今日的「士林國小」。芝山巖可說是台灣日本教育的發源地——甚至是日本老師們死後想埋在這裏的聖地。這是因爲一八九五年底抗日領袖陳秋菊率衆反攻台北城時，八芝蘭人也呼應進擊猛攻國語傳習所，殺死了六名日本老師與十幾名日兵。事後日本人掃蕩完「匪徒」，便將這六位老師合葬在芝山巖稱爲「六氏先生墓」，並另立一個「學務官僚遭難之碑」以資紀念。更於一九三〇設立芝山巖神社奉祀六氏先生（今日雨農閱覽室所在地），同時拆掉南隘門，修築一條從山下直達山上的百二崁磴道方便大家參拜。

儘管日本人的統治並不受在地人的歡迎，不過他們對於芝山巖史蹟的發現與景觀保留倒是頗有貢獻。早在一八九六年，日本人類學者栗野傳之丞便在芝山巖發現了台灣第一個史前考古遺跡。他們對這裏豐富的海岸及沼澤性植物很重視，不僅指定爲風景保安林，還頒布保護法令指定爲史蹟名勝及生態保護區。國府來台後拆光日人遺留建物，改由軍事情報局進駐芝山巖一帶，並在山上設立軍營砲台。現在附近所用的「雨農」或「雨聲」詞，即是紀念墜機死亡的軍統局教父戴笠（字雨農）。一九五八年闢爲芝山公園，開放民衆活動。但隨著人口聚集與開發公共建設的需求，大家似乎忘記了芝山巖山上山下都有史前遺跡等待發掘。

但是幸與不幸就在一線之隔，一九七八年雨農國小建校時就是對著遺址亂挖一通，挖出了貝塚，這才引起台灣考古界的注意。台大人類學系即刻進行試掘，發現了圓山文化的地層。一九八〇年由於蓋房子帶來的破壞加大，台大人類學系再次進行發掘，出土了大量的貝殼、彩陶、黑陶、石器、骨器、角器、木器、草編、炭化帶穗稻米等，經碳十四測定，最早的標本可早至三千五百年前。同時這一次也發現了芝山巖地區除了圓山文化的堆積以外，還有另一層主要的文化層，後來就被定爲「芝山巖文化」。

一九九三年芝山巖遺址被指定爲第二級古蹟，成立了「芝山巖文化史蹟公園」，並要求區內所有大規模挖掘工程進行前都要做考古試掘。這樣的決定雖然遲了點，但總算來得及挽救部分的芝山巖遺址。二〇〇〇年十二月中研院劉益昌教授率領的考古隊挖出了兩具二五〇〇至三〇〇〇年前圓山文化的完整人骨，就是一個史無前例的大發現。如今要看史前遺跡可以去雨農國小，至於芝山巖上則還有許多清代至日治時期的文物史蹟，甚至是私人的古老墓碑。登山步道也建得很完整，又能隔離遊人保護史蹟不受破壞一舉兩得。自在閒步，處處都能見到令人驚奇的歷史傳說與自然美景，這座小山頭眞是好玩得不得了。

中山北路六段七段

欒樹

欒樹節

一九七九年的茉莉不喜歡吃漢堡。高帽子月亮勸她說：「那來點杏利愛情如何？」

她搖搖頭，連拘謹有禮的獨角獸也不禁心碎，踩著雪橇滑過欒樹的金頂篷走了。聽到了這哀愁的消息，孩子們嘩啦嘩啦地從美國學校滾出來，一起報名遠洋的花車遊行並下定決心這一生不再繳稅。

於是我趁亂剪掉天際線將城市完全釋放，

懸空的馬路只剩下海豚在結寂寞的蛹。

光煙模糊之中，追憶滷雅舊事

日治時期的某一夜，你偶然出現於滷雅白橋下的黑煙店仔裡……在光煙模糊之中，我們追憶滷雅舊事。

我將煙管移近火焰，專注地用煙針輕攪著鴉片膏。鴉片膏漸漸地融化，罌粟花的香味散了開來，煙鍋的凸沿也凝結了一顆顆圓潤的膏珠。我細心地搓揉它們，讓煙膏順著鍋緣流下。再將煙針探了探，鴉片膏便注入了煙管內。

「這一管你先用吧。」我把煙管遞給斜躺在鄰床上的你，你說：「謝了。看你把煙管保養得那麼好，煙鍋也黑得發亮了。」你將煙鍋移至火焰上緩緩地吸著，煙鍋上的膏珠飽含了空氣的流動，美妙地膨脹冒泡。你老練地一口氣便抽完了整管煙。

「好久沒抽了。」你躺到枕頭上說，「好懷念的味道。」我又點了一管想遞給你，「你用吧。」你擺擺手說。

「什麼時候到的呢？」我有點失神，將沒搓散的膏珠給塞到煙管裡去。吸了一口，火焰晃動，鴉片膏一下子沒燒化，從煙鍋底嗆出了一股又沉又黑的煙，混在霧般飄移的白煙中，好似無緣無故給人損了一回的感覺。

「喂！怎麼了，緊張個什麼。」你說，「這可不像你。」

我不好意思地說：「無事啦。」

「今天近午到了士林舊街，吃過麵後走竹巷仔回來的。」你忽然大笑起來，「聽說竹巷仔改名叫『德行』了，我這個浪蕩仔走在裡頭還眞不恰當。」

香氣微微搖晃我的腦子，身體舒服地發熱。這麼久了，我還是沒像你這麼行，得分幾口才能吸完一管。

你離開有十幾年了吧，竹巷仔兩側的竹子長得更加高聳茂密，幾乎快遮蔽了天際。竹林周圍的稻田青苗搖曳，觸目所及都是施謙記的地。

「施家的燕尾大厝還是那般氣派。」你說，「施贊隆那對舉人旗杆也依舊顯目，整片田頭都看得見。對了，常跟在我們屁股後面跑的施囝仔，是不是還會被他阿爸罰跪在『文魁』匾下面哭啊？」

「人家都幾歲了，早就娶某生子也有自己的田了。」我笑了，「只是過去帶頭開墾滴雅的賴家，和百年前從桃園迎開漳聖王三王公來的劉家就沒這麼旺了。人說富不過三代，總是有點道理吧。這幾年換成魏家、黃家、吳家很發達，三合大厝蓋了好幾間。」

你不搭腔，我大約知道，你在回想施囝仔的事情。那時你爲了件小事猛揍過他一次，害他躲在田溝裡不敢出來，結果回家發了遺傳的肺癆，躺了半年差點沒死掉，才十一、二歲囝仔耶。現在會後悔了吧！

其實，他才不是愛跟我們呢，他只是愛跟你而已。你知道的。

但是此刻就別怪自己了，我打斷你的思緒，「曹家也是，往北一點現在全是他們家的地。曹迪臣老師後來離開芝山巖文昌祠，到山下的八芝蘭公學校教漢文。」你聽了，笑了笑仍不答話，岔開了話題。一提到曹老師，你一定會這樣吧。要去和日本人戰爭這種事情，本來就要多想想，不能怪他一直苦勸你吧，這算不上是他沒諒解你吧。你就先回去看看他，老人的面子皮本來就薄一點，怎麼兩個人都還像囝仔，是要賭氣到何時呢？何況，你以前傷他的心，可不比他傷你的少啊。

「對了，大正十年開的茂隆礪米廠也還在嘛！眞行。」你故意裝著一臉不敢相信地說，「我去打過招呼了，曹天祈這款黑矸裝醬油看不出來很會做生意嘛，還能想到做加工米割給人家賣。當年要是跟他一起合資，不一定我也早就起大厝了。」

「咦？你也認識曹天祈啊？」

「廢話！而且人家囝仔賜傳再過不久就會接手開分店了，你是有沒有在關心啊。」唉呀！我也是糊塗，居然忘了我、天祈和你都跟曹老師在芝山巖念過幾天私塾啊。

「你這個在地人忘了，我這個浪蕩仔卻還記得嘍……中午放課從芝山巖下來，我們就會沿著濁水港仔到雙溪河一路捉魚捕蝦。那時也沒什麼釣竿，撿人家剪掉不要的釣線和歪勾仔，蚯蚓挖一竹筒，也是可以釣整個下午。不然就撿幾張破網片，自己用釣魚線結起來，到溪裡撈。我記得有一次，魚沒撈到，倒是不小心撈到一窟水蛇窩。一堆草仔色的水蛇衝出來，在我們身邊游來游去，你還嚇哭了，一直叫會不會有毒，會不會有毒！記得嗎？」你眼中閃爍著狡詐的光芒，「嘿！其實我本來就知道那裡有一窩了，我就是故意要弄給你哭的。我說有毒有毒，害你有段時間不敢下溪。草仔蛇哪有什麼毒啦，那是保生大帝用草葉仔變的，用來嚇泉州仔的。」

我努力地回想，好像眞有這麼一回事。你這個人就是要這樣讓人討厭，眞沒辦法。

「到了傍晚，不想玩了也不想走路，運氣好的話，會有運雜什仔的小舟可以一途搭到白橋。混到晚上不回家，三五個人蹲在河邊的竹叢裏輪流編千年榕樹精和石頭番仔土地公鬥法的故事，一直到大人來捉我們才分頭溜走。你走大蓮花埤那邊，我走碰逋仔頭那邊。」

我點點頭，你還記得這些小事讓我感動，終究你沒忘了我。那麼，反正你既然回來了，乾脆跟我回永安社操練庄頭子弟跳八家將、吹八音、鬥獅陣吧！四月二十五，三芝蘭迎二媽又要來了，小時候神轎一迎到派出所壯丁埕那裡，我們就會去看酬神的歌仔戲。第一次看永安社的叔伯操陣也是在那裡，你就說你以後一定要操獅頭，還叫我弄你的獅尾。

「現在大家都說，沒有你操獅頭，永安社的溪底仔獅都快變成睡貓了。你不知道嗎？外埔頭那些石牌仔說話有多酸，你要是聽到一定擋不住。」

「是講什麼？」

「說三芝蘭有傢伙普渡，卻無獅㦖倘捧。」

「噗！哈哈哈……這些死石牌仔還眞是會編！」

所以你就做點好心吧，就像我們少年時代一樣，師兄弟們也很想念你呢……

「不了。」你笑著搖搖頭，「你還是跟以前一樣憨直，難道你不知道唯有在光煙模糊之中，我們才能追憶湳雅舊事嗎……」

我望著鄰床上空蕩蕩的一管鴉片煙，默然地點點頭。

磺溪左岸咖啡系列的廣告旁白之一

早餐結束時，我發現手指沾上了咖啡漬。
所以小心翼翼地用另一隻手付帳，
用另一隻手推開咖啡館的門。
然後，上了巴士，
我記得用另一隻手投錢。
巴士沿著磺溪散步，
順路搭載滿座紫嘯鶇的翠綠叫聲。
這時我將手指移近鼻尖，

便在硫磺瀰漫中摻佐了咖啡的香氣。
輕，而專注地呼吸，
隨時隨地品味人生的必要……
布朗硫磺炭燒珈琲。

天母

嘴裏一嘟囔著「天母」這個辭彙，腦子的表層就馬上浮現洋腔洋調的城市景象，彷彿一沾到那邊的空氣，皮膚就從黃色染成白色，台北市似乎沒有其他的地方有這樣的迷幻魔力。如果以士林區的行政區域劃分來說，所謂的「天母」只是中山北路七段偏北處的一個里，不過現在你要是問士林區的市民住哪裏，通常會以福林橋爲分界點，住中山北路五段叫自己士林人，一過了橋到六段則全成了天母人，感覺上好像一點也不想跟「士林」這個中國老詞兼台灣老街扯上關係的樣子。

現在中山北路上的「天母」在早年的開發史上，大約可分爲兩塊主要的區域：湳雅與三角埔。湳雅又稱湳仔，意指雙溪、磺溪與石角溪之間的一片泡水低地，康熙四十八年（1709）漳州人賴依烈帶領鄉親來此地開墾，乾隆年後發展日盛，到了光緒初年被正式命名爲湳雅庄，現今則有蘭雅里承襲了舊名。三角埔是湳雅以北，介於奇岩山、紗帽山、大湳尾山之間的一片向南開口的三角狀沖積平原，核心位置在今日中山北路七段、天母東路與天母西路的交界，也就是「天母里」的發源地。乾隆十一年（1746）大地震，天母地區的原住民毛少翁社族人自湳雅大舉遷入此地，並占據外圍地帶與稀少的漢人比鄰而居。據說這裏還出了第一個原住民的秀才翁文卿，並留下了像「番仔厝」、「番仔井」等等的老地名。清澈見底的「番仔井圳」至今還可在天和公園內看到。乾隆中葉後，墾殖的漢族先民人數增加，就在三角埔的核心位置的田野上蓋了間土地公廟做爲信仰中心，即是今日天母東路上的三玉宮。另外，根據士林文史工作者簡有慶的說法，如果再加上芝山巖區域的話，以其地名的首字合稱，這裏也被叫做「三芝蘭」。與士林街、唭哩岸（石牌）、北山頂（陽明山）同爲士林中元祭的四大角頭。

有句俗話說：「士林街仔普電火，石牌仔普紅龜粿，北山頂普豬公尾，三芝蘭普傢伙。」以中元祭典的普渡物品貼切地形容了早年天母區域的富庶情況。不過此地在清代開發的時間雖然與士林差不多，田地肥沃，山產水產都很豐富，是士林市場貨物的主要來源。日治時期，中山北路七段十四巷至一一四巷還是個礦產充足的煤礦區，設有輕便軌道直通士林車站。但它畢竟離台北城太遠，沒辦法發展成人口稠密的市鎮，特別是三角埔，直到國民政府來台之際，仍然被視爲台北城的荒涼郊區，都市化的程度很低。除了零散的幾家農戶之外，只有士林紙廠和農技訓練所的員工宿舍，甚至連雜貨店也沒有，要買日常用品得依賴從士林街踩三輪車來的小販供應。交通也不方便，沒有柏油路，早晚也只有一班載紙廠員工到士林的交通車或是礦場的小鐵道車可搭。否則就得花個把小時走路到士林，才能搭車進城。到了一九五〇年美軍駐台，政府在今天母公園處興建了大批宿舍，同時中山北路七段底也建了許多高級官員的別墅，從此三角埔有了自來水電、電話、柏油路和公車，接下來則有了雜貨店、菜市場、洋人俱樂部、古董店與委託行。附近的居民略增，以供應美軍日用品與低層勞務爲主要工作。在歷經了美軍離台與台灣退出聯合國的變動之後，洋人衆多的三角埔順勢又成爲了外國駐台使館與使節官邸的大本營。一九八〇年代起這裏逐漸成爲高級住宅區的代名詞，吸引了大量的有錢人移入，大型道路與外僑學校陸續興建，洋溢著異國情調的商業活動也隨之興盛。

至於「天母」這個讓人迷惑的名字是怎麼來的呢？有幾種說法：

流傳最廣的是，據說美軍駐台時期有阿兵哥問農民這裏是什麼地方，農民以台語回答：「聽嘸」，結果被轉音爲「天母」，這種是典型的文明人進入落後地區墾荒的傳奇故事。其次有人認爲是三芝蘭人的主要信仰媽祖，也就是「天上聖母」，於是取其首尾兩字成「天母」，或說是日人將台灣人慣稱的「天媽」改爲「天母」之故。最後一種是三玉宮農民曆、以及台北市政府發行的《台北畫刊》以及《台北城的故事》所採用的說法：一九三三年（一說一九二〇年）日人中治稔郎於「番婆嶺腳」和「三角埔頂」（今中山北路七段一九一巷）建立了天母神社，供奉日本天母波婆神和湄洲媽祖等七尊神像，號稱天母教。神社內有天母溫泉，隨後又有菊元株式會社興建天母溫泉旅社（今天玉街上）、天母馬車站、天母巴士等，於是「天母」的名字開始流傳。不過到了一九七三年，「天母里」這個行政區從三玉里分出來，「天母」才成爲正式的地名。由於「天母」二、三十年來的快速繁榮，一下子便吞噬了「三角埔」、「三芝蘭」等老地名，連繁華一時，文風鼎盛足以抗衡士林、大龍峒的「湳雅」也難逃一劫，「天母」幾乎成了代表中山北路六、七段沿線區域的唯一名字。

犁舍夜

聽說如果有菜鳥客人戴著領帶走進一九八九年的英式酒吧「犁舍」，美麗的老闆會熱情地邀請他坐在吧台，一邊親切地微笑寒暄，一邊十分寶貝似地撥弄他的領帶，然後搖搖晃晃拿出一柄剪刀。正當客人傻楞楞地與美人相視而笑時，老闆的手輕輕一落，卡嚓一聲，領帶便一分為二……

所以M特別在進犁舍前將領帶拿了下來，溫柔地順著它的形狀，放進提袋裏。他打開門走進店內，果然看見了吧台上頭掛著一整排的領帶殘片。

距離晚上九點樂團演唱的時間還早，M選了個靠窗能看見天母東路街景的位置坐下。老闆來爲他點餐時，他忍不住開口問了領帶的事情。

「當然沒有這種情形啊。」老闆哈哈大笑地說，「只是熟客之間的表達親密的方式罷了，畢竟這種事是不能強迫的吧……要說正統的英國酒吧遊戲，可是比這個要瘋狂多了。」

M點了海鮮凱薩沙拉、英式炸魚片和華史代納生啤酒。餐點很快地端上來：沙拉的份量足以多餵飽兩個小孩，炸魚片和附送的薯條沾著紅酒醋吃非常美味，但華史代納生啤酒喝起來有點太淡了。

然後她來了。

「對不起，臨時找你來。」她說。

「沒關係，這個地方好像很有趣的樣子。」M說。

「嗯。那我要開始說話了噢。」

「嗯，好的。不過要不要先吃點什麼呢？」M說，「試試炸魚片沾紅酒醋，很好吃噢。」

她不回答，眼神穿過M的身體，落在犁舍外頭的紅色電話亭上。

等了一段很長的時間，M喝乾了生啤酒。

她說：「在與你相見之前，彷彿有無數的列車載著無數的龐大事物，像是大象般沉重的意念，在我的腦子裏交會，壓迫脆弱的神經軌道。

而我像是沒有預設目的地的機器鼠，只憑著簡單的對錯選擇，在迷宮的白牆之間撞來撞去。與其說是在尋找通往終點的路徑，倒不如說是執著於想確定究竟何處存在著阻礙。

然後，我看見路旁的一座電話亭。

從電話亭裏，順著憂愁的紋路沉下去，握著一只小小的浮標，閉上眼，在水裏橫越頂上厚重的冰層，從另一處光亮的洞穴，浮上來。

投下一塊錢，於是就能得到一整夜的溫暖與諒解，眞是划算極了。

剛剛我去參加了一個男生的婚禮。

我喜歡的男生。

高中社團的學長，高高的一個男孩子，長得很斯文。

我們到最後的結局並不重要。而最後結局之後的結局，就是現在這樣子。

所以，已經吃得很飽也喝了夠淹死佛羅里達州的酒了。

我從婚禮離開後，在中山北路上走著。

能去的地方很多，但一個也不想去。

整座城市是淡季。

從每一街道的水湄，閃動著魚群拍尾的聲音，如簾幕的下降。

離去行人的薄的足影子，在仿若鹽田的赤漠廣場，綻放寂寞而輕微發炎的花。

那是世界僅有的安慰。

婚禮，其餘的圓桌與長腳椅，綁了浮標，逕自去無人關心的旅程或什麼的，總之，遠離我。

路上的人們是一支委屈不已的彈弓隊，朝霧中，練習射擊。

這樣說是不是太荒謬了呢？幾乎無法指涉某種實際的事物……即使是對我與這個城市本身而言。

幸好依賴了一根電話線，讓我穿透這一切，直達你。」

九點十一分，已經暖身完畢的爵士樂隊開始演唱。

M戴上領帶，離開了犁舍。

天母西路62巷9號大使館櫥窗

1. 布吉納法索：西非內陸高原上的千年古國，每兩年有一次泛非影視大展（FESPACO），是西非最大規模的影視文化活動。

2. 哥斯大黎加：中美洲南端，只有台灣的一點五倍大。國名原意是「富庶海岸」，現在是拉丁美洲採取民主政體的最佳典範。

3. 薩爾瓦多：在中美洲中部。馬雅人眼中的寶石之地和珍貴之物，西侖之寶（Joya de Ceren）是聯合國認定的世界遺產。

4. 貝里斯：中美洲東北部小國，濱臨加勒比海有世界第二長的珊瑚礁，很多移民公司都喜歡介紹人家去這裏住。駐華大使館的網站很完整，非常盡心辦外交。

5. 史瓦濟蘭：非洲南部內陸小王國。少女節是每年一度的國王選妃日，另外還有個習俗是新國王就任時，一千名十二歲到十六歲的未婚妙齡少女會列隊在他的面前跳舞，表示宣誓效忠。

6. 尼加拉瓜：中美洲最大國家。格拉納達是美洲最古老的城市，尼加拉瓜湖是世界唯一的淡水鯊魚棲息地。

7. 多明尼加：在中美洲大安地亞群島的聖多明哥島的東部，西部是海地。據說首都聖多明哥的市民人手一支手機。

8. 帛琉：在南太平洋，由三百多個島嶼組成。一九九四年才獨立，擁有世界上透明度最高的水域，可以看穿水下一百公尺。

9. 瓜地馬拉：位於中美洲北部。提卡爾遺跡（Ruina Tikal）在西元二五〇年到九〇〇年間，是馬雅人商業、宗教和行政的中心。也是已知馬雅文化的最大遺址。

10. 查德：北非內陸國，世界第四窮，內戰頻仍。連外交部網站有關該國的資料都零零落落的。

11. 馬紹爾群島：在南太平洋，超過一千二百個島嶼組成。比基尼珊瑚礁是著名的潛水聖地，沒錯，比基尼泳裝就是用這個名字取的。

12. 甘比亞：在西非，是非洲面積最小的獨立國家之一。唯一的工業是花生加工業。「花生加工業」……讓人忍不住再寫一次的工業名詞。

13. 宏都拉斯：位於中美洲心臟地帶。北部大城汕埠每十萬人有九十五人死於犯罪行爲。依世界衛生組織所定的標準，某地每十萬人中超過十人因犯罪死亡，即爲高度危險區域。

14. 塞內加爾：在西非。這頭非洲雄獅打進了二〇〇二年世界盃足球賽的最後八強，據說有巫師幫他們加持。

天母古道日記

日期：4月14日　天氣：晴　心情：很好

今天是星期日，我們家這邊辦了一個社區活動。昨天本來我以爲又是要去天母公園烤肉，因爲以前都是去那裏的磺溪烤肉玩水，不然就是大人在公園的樹下泡茶聊天，我和馬克思，還有羅素、柏格森、波娃就打羽毛球或是玩戰鬥陀螺。

雖然天母公園也很好玩，還有一個很大的花圃可以看花，但是去太多次就覺得有點無聊了，倒不如找人來家裏玩戰鬥怪獸卡。我打電話去問朋友有誰要去，結果只有波娃要去，我問她明天有要去天母公園玩嗎？她說，不是要去天母公園，是要去天母古道。我說天母古道在哪裏？她說她也不知道，可能要開賓士去才會到。我說我才不相信咧，那我家的BMW和愛快就開不到嗎？

今天早上九點我們先在里長伯伯家門口前集合，伯伯說只要散步到中山北路七段二三二巷一弄就可以上天母古道了。我們走到那裏看到了一塊指示牌，上面寫了「水管路步道」。然後大人就開始做暖身運動，好像要走很遠的樣子。

波娃問我說什麼是「水管路」？我說我哪知道。她又說，那可不可以問你爸爸？我說我爸一定不知道啦，他每天就只會弄電腦跟泡茶而已。所以我們就去問里長伯的兒子王小哥，他好像是什麼鄉土作家的，可能比較聰明一點。

王小哥很興奮地跟我們說「水管路」是天母古道的一部分，也就是有水管的路。日本人統治台灣的時代，在陽明山上發現了一處泉水，所以一九三〇就在那裏建了一個淨水廠，牽水管到山下來讓天母士林的人用水。然後在水管上面蓋泥土和石板做平路讓人走，就叫水管路，聽說以前還可以駛牛車。

後來又在山下蓋了一間三角埔發電所，就在我們站的地方的旁邊，是用來發電給新店溪的濾水廠的，但是現在已經沒用了。

大家開始健行以後王小哥就跟著我和波娃走，一開始的石頭樓梯很陡，旁邊有很粗大的龍眼樹，左邊還有很大很黑的水管，看起來有點恐怖，裏頭有流水聲好像會吃人的樣子。王小哥說這裏以前叫番婆嶺，因爲有一個番婆常常會出現在這裏等老公回來的關係。

走了不知道多久有點累到了一個比較平坦的地方，黑水管已經跑進地下去。正前方有個三叉路口，還有棟髒髒的建築物，王小哥說裏面是「調整井」，發電所的水力動力就是從這裏開始往下衝的。

我和波娃跑到山邊去，可以看到山下台北市的房子。王小哥還告訴我們哪裏是觀音山、關渡平原、淡水河和基隆河，還蠻漂亮的。波娃好像很興奮，女生都是這樣很容易HIGH起來。

然後我們繼續往前走，接下來的路都很平，像在平地的公園裏散步一樣，蠻舒服的。沒走多久就有看到很多猴子在樹上跳來跳去，有人拿石頭丟牠們，結果牠們也丟回來，眞是厲害。

另外也有看到松鼠，和一些我不認得的植物。王小哥雖然有說，我沒記。路上樹都蓋住了天空，可是偶爾能看出去的地方也很漂亮，可以看到面天山、大屯山、向天山和磺溪山上的白色公墓跟靈骨塔。可是人死掉不知道爲什麼一定要住山上？

王小哥說，山上離天堂近，所以我們都會把親人送到山上住，讓他們可以早點上天堂。一聽就知道他在唬爛我這個豬頭，我咧上網去玩天堂還差不多。

大概是慢慢走了三小時，我們走到了陽明天主堂，又到文化大學野餐，結束了快樂的上午。

後來我已經準備好要和波娃偷偷到別的地方玩親嘴了，可是王小哥一直拉著我們說話。他說水管路其實還沒走完，還可以繼續往前走到淨水廠、松溪、文大瀑布、水管橋和第三水源地。而且再往山上走還有一條更早的清朝魚路古道，專門讓人從金山鄉金包里那邊擔魚、硫磺、煤、日用品等等翻過擎天崗、山豬湖到文化大學這邊的山仔后，然後再走陽明天主堂旁邊的小路下去天母士林賣。這條小路就是最早的天母古道噢……以前的人要吃魚還眞辛苦咧。

我今天的感想是：王小哥當作家好像懂很多事情，可是一定沒什麼人鳥他，他才會一直巴著我跟波娃講不停。就這樣，寫完了。

文學叢書

1.	吹薩克斯風的革命者	楊　照著	260元
2.	魔術時刻	蘇偉貞著	220元
3.	尋找上海	王安憶著	220元
4.	蟬	林懷民著	220元
5.	鳥人一族	張國立著	200元
6.	蘑菇七種	張　煒著	240元
7.	鞍與筆的影子	張承志著	280元
8.	悠悠家園	韓・黃晳暎著／陳寧寧譯	450元
9.	想我眷村的兄弟們	朱天心著	220元
10.	古都	朱天心著	240元
11.	藤纏樹	藍博洲著	460元
12.	龔鵬程四十自述	龔鵬程著	300元
13.	魚和牠的自行車	陳丹燕著	220元
14.	椿哥	平　路著	150元
15.	何日君再來	平　路著	240元
16.	唐諾推理小說導讀選 I	唐　諾著	240元
17.	唐諾推理小說導讀選 II	唐　諾著	260元
18.	我的N種生活	葛紅兵著	240元
19.	普世戀歌	宋澤萊著	260元
20.	紐約眼	劉大任著	260元
21.	小說家的13堂課	王安憶著	280元
22.	憂鬱的田園	曹文軒著	200元
23.	王考	童偉格著	200元
24.	藍眼睛	林文義著	280元
25.	遠河遠山	張　煒著	200元
26.	迷蝶	廖咸浩著	260元
27.	美麗新世紀	廖咸浩著	220元

28.	台灣原住民族漢語文學選集——詩歌卷	孫大川主編	220元
29.	台灣原住民族漢語文學選集——散文卷(上)	孫大川主編	200元
30.	台灣原住民族漢語文學選集——散文卷(下)	孫大川主編	200元
31.	台灣原住民族漢語文學選集——小說卷(上)	孫大川主編	300元
32.	台灣原住民族漢語文學選集——小說卷(下)	孫大川主編	300元
33.	台灣原住民族漢語文學選集——評論卷(上)	孫大川主編	300元
34.	台灣原住民族漢語文學選集——評論卷(下)	孫大川主編	300元
35.	長袍春秋——李敖的文字世界	曾遊娜、吳創合著	280元
36.	天機	履　彊著	220元
37.	究極無賴	成英姝著	200元
38.	遠方	駱以軍著	290元
39.	學飛的盟盟	朱天心著	240元
40.	加羅林魚木花開	沈花末著	200元
41.	最後文告	郭　箏著	180元
42.	好個翹課天	郭　箏著	200元
43.	空望	劉大任著	260元
44.	醜行或浪漫	張　煒著	300元
45.	出走	施逢雨著	400元
46.	夜夜夜麻一二	紀蔚然著	180元
47.	桃之夭夭	王安憶著	200元
48.	蒙面叢林	吳音寧、馬訶士著	280元
49.	甕中人	伊格言著	230元
50.	橋上的孩子	陳　雪著	200元
51.	獵人們	朱天心著	即將出版
52.	異議分子	龔鵬程著	380元
53.	布衣生活	劉靜娟著	230元
54.	玫瑰阿修羅	林俊穎著	200元
55.	一人漂流	阮慶岳著	220元
56.	彼岸	王孝廉著	230元
57.	一個青年小說家的誕生	藍博洲著	200元
58	浮生閒情	韓良露著	220元
59.	可臨視堡的風鈴	夏　菁著	280元
60.	比我老的老頭	黃永玉著	280元
61.	海風野火花	楊佳嫻著	230元
62.	家住聖・安哈塔村	丘彥明著	240元
63.	海神家族	陳玉慧著	320元

64.	慢船去中國——范妮	陳丹燕著	300元
65.	慢船去中國——簡妮	陳丹燕著	240元
66.	江山有待	履　彊著	240元
67.	海枯石	李　黎著	240元
68.	我們	駱以軍著	280元
69.	降生十二星座	駱以軍著	180元
70.	嬉戲	紀蔚然著	200元
71.	好久不見——家庭三部曲	紀蔚然著	280元
72.	無傷時代	童偉格著	260元
73.	冬之物語	劉大任著	240元
74.	紅色客家庄	藍博洲著	220元
75.	擦身而過	莫　非著	180元
76.	蝴蝶	陳　雪著	200元
77.	夢中情人	羅智成著	200元
78.	稍縱即逝的印象	王聰威著	240元
79.	時間歸零	林文義著	240元
80.	香港的白流蘇	于　青著	200元
81.	少年軍人的戀情	履　彊著	200元
82.	閱讀的故事	唐　諾著	350元
83.	不死的流亡者	鄭　義主編	450元
84.	荒島遺事	鄭鴻生著	260元
85.	陳春天	陳　雪著	280元
86.	重逢——夢裡的人	李　喬著	280元
87.	母系銀河	周芬伶著	220元
88.	消失的台灣醫界良心	藍博洲著	280元
89.	影癡謀殺	紀蔚然著	150元
90.	當黃昏緩緩落下	黃榮村著	150元
91.	威尼斯畫記	李　黎著	180元
92.	善女人	林俊穎著	240元
93.	荷蘭牧歌	丘彥明著	即將出版
94.	上海探戈	程乃珊著	即將出版
95.	中山北路行七擺	王聰威著	200元
96.	日本四季	張燕淳著	即將出版
97.	惡女書	陳　雪著	230元
98.	亂	向　陽著	180元
99.	流旅	林文義著	200元

文學叢書 095

INK PUBLISHING

中山北路行七擺

作　者	王聰威
繪　圖	王建忠
總編輯	初安民
責任編輯	施淑清
美術編輯	許秋山
校　對	施淑清　王聰威
發行人	張書銘
出　版	INK印刻出版有限公司 台北縣中和市中正路800號13樓之3 電話：02-22281626 傳真：02-22281598 e-mail:ink.book@msa.hinet.net
法律顧問	漢全國際法律事務所 林春金律師
總經銷	成陽出版股份有限公司 訂購電話：03-3589000 訂購傳真：03-3581688 http://www.sudu.cc
郵政劃撥	19000691 成陽出版股份有限公司
門市地址	106台北市新生南路三段96-4號1樓
門市電話	02-23631407
印　刷	海王印刷事業股份有限公司
出版日期	2005年 7 月 初版

ISBN 986-7420-72-1

定價　200元

國家圖書館出版品預行編目資料

中山北路行七擺／王聰威 著.－－初版，
－－臺北縣中和市：INK印刻，
2005〔民94〕面；　公分（文學叢書；95）

ISBN 986-7420-72-1（平裝）

855　　94009586

INK